간토関東대지진과 작가들의 심상 풍경

간토関東대지진과 작가들의 심상 풍경

초판 인쇄   2017년 8월 22일
초판 발행   2017년 8월 30일

편역자   정병호·최가형
펴낸이   이대현
편 집   홍혜정
펴낸곳   도서출판 역락
주 소   서울시 서초구 동광로 46길 6-6 문창빌딩 2층
전 화   02-3409-2060(편집부), 2058(영업부)
팩 스   02-3409-2059
등 록   1999년 4월 19일 제303-2002-000014호
이메일   youkrack@hanmail.net

ISBN   979-11-5686-953-5   03830

이 저서는 2007년 정부(교육과학기술부)의 재원으로 한국연구재단의 지원을 받아 수행된 연구임(NRF-2007-362-A00019).

간토関東 대지진과 작가들의 심상 풍경

정병호·최가형 편역

역락

머리말

이 책 『간토関東대지진과 작가들의 심상 풍경』은 1923년 9월 도쿄(東京)와 요코하마(橫浜)를 중심으로 간토지역 일대를 타격하여 엄청난 피해를 남긴 간토대지진과 사회적 현상을 경험한 10명의 문학자・작가가 쓴 평론과 에세이를 번역한 것이다.

간토대지진은 1923년 9월 1일 정오 무렵에 도쿄, 가나가와현(神奈川県), 지바현(千葉県), 이바라키현(茨城県)을 강타하여 10만 명 넘게 사망 또는 실종되는 등 엄청난 희생을 낳은 거대 재난이었다. 일본은 근대기인 메이지(明治)유신 이후만 보아도, 일본의 동북부지역에 엄청난 피해를 준 1896년 메이지 산리쿠(三陸) 대지진과 거대 쓰나미, 1933년 쇼와 산리쿠지진, 1995년 고베(神戸), 오사카(大阪)를 중심으로 간사이(関西)지역을 강타한 한신・아와지(阪神・淡路) 대지진, 2011년 동일본대지진 등 주기적으로 거대 지진과 쓰나미라는 자연재난이 빈발하였다.

일본은 이러한 재난과 더불어 지진, 화재, 건물붕괴, 쓰나미 등을 소재로 하거나 재난 이후의 격심한 사회혼란과 변화를 소재로 한 재난문학이 그 어느 나라보다도 많이 창작되었다. 단지 재난 관련 문학작품이 다수 창작되었을 뿐만 아니라, 본 번역서가 대상으로 하는 간토대지진 이후에는 문학의 표현내용과 형식의 면에서도 새로운 문예사조가 등장하는 등 문학 분야가 커다란 변화를 겪는 경우도 있었다. 예를 들면, 문예지『문예시대(文芸時代)』와『문예전선(文芸戦線)』을 거점으로 하는 신감각파(新感覚派)문학과 프롤레타리아문학의 등장 및 새로운 전개가 이에 해당한다.

한편, 이 책에 실린 문학자·작가들의 글들은 모두 대지진이 일어난 이후의 재난상황과 공포, 그리고 절망, 피난상황, 가족과 지인들에 대한 걱정을 잘 그리고 있다. 간토대지진은 지진 자체도 상당한 규모였지만 도쿄 40% 이상의 지역이 소실(燒失)될 정도로 마침 불고 있었던 강풍으로 인한 화재가 남긴 피해 역시 상당히 컸다. 그렇기 때문에 이들이 경험한 재난의 공포와 기억은 단지 지진이 일어난 짧은 시간에 그치지 않고 화재가 계속된 이틀간의 시간, 많은 사람들이 피난하고 주거지나 식량을 찾아다니는 짧지 않은 기간에도 그 기억이 산재되어 있었다.

그런데 간토대지진은 재난과 이에 따른 인명과 재산상의 피해뿐 아니라 사회적으로도 큰 충격을 초래하였다. 지진 이후 공포심에 바탕한 근거 없는 유언비어가 난무하면서 당시 일본에 거주하였던 조선인들이 말로 표현할 수 없는 폭력을 겪고 학살당하였다. 이뿐만 아니라 당시 사회주의자나 무정부주의자, 심지어 자유주의자조차도 간토대지진 이후 엄청난 탄압에 직면하여 많은 수가 법적인 절차 없이 학살당하거나 구금을 강요받았다. 이러한 사회적 폭력과 탄압에 당시 작가들은 상당한 충격을 받아 이 당시 일본이 구가하고 있었던 문명에 의문을 제시하고 이러한 부정적 현상에 이의를 제기하는 글도 적지 않게 쓰였다.

　나아가서는 이러한 재난으로 인해 수많은 사람들이 죽거나 피난해야 하고 거주할 곳과 식량이 부족한 상황에서 문학이 할 수 있는 역할이 무엇인지를 회의하거나 문학이 아무것도 할 수 없음을 한탄하는 작가의 심정을 밝히기도 하였다. 이는 큰 재난이 발생하였을 때 일반적으로 볼 수 있는 현상인데, 오히려 당시 문학자·작가들은 이러한 결여의식 속에서 문학이 피해자들에게 위로를 전하는 한편 이러한 재난 이후 나타나는 부정적 사회현상을 비판하고 미래를 향해 희망의 메시지를 전하고자 하였다.

　이 책은 이와 같이 간토대지진이 일어난 후 문학자·작가들의 눈에 비친 재난의 현장, 공포, 가족이나 지인에 대한 걱정, 사회현상에 대한 비평, 미래에 대한 희망의 심정이 잘 나타나 있는 글들을 묶었다. 그래서 이 책의 제목도 바로 '작가들의 심상 풍경'이라고 붙였다. 이 책에 실린 평론과 에세이는 자연재해뿐만 아니라 다양한 형태의 재난, 즉 산업재난, 의료재난, 교통재난, 기후재난, 테러나 전쟁 위협 등 여전히 '위험사회'에 살아가는 오늘날의 우리들도 충분히 반추해 볼 수 있는 글들이라 생각한다.

또한 여러 번의 재난을 경험하였던 일본사회의 재난 후 풍경이 어떠했는지를 바라보는 데에도 이 책이 적지 않은 시사점을 제공하리라 기대해 본다.

마지막으로 어려운 출판 환경 속에서도 이 책을 기꺼이 간행하기로 결정해 주신 도서출판 역락의 이대현 사장님, 그리고 꼼꼼하게 편집과 교정을 담당해 주신 편집부 홍혜정 과장께 감사의 말씀을 드리는 바이다.

2017년 7월

정병호

차례

일러두기

1. 이 책의 모든 주와 해설 및 작가 설명은 역자들에 의한 것이다.
2. 작품의 끝부분에 기재한 초출(初出) 및 작품의 원문은 모두 『編年体大正文学集』
   (2002. ゆまに書房)의 제12권과 제13권을 참고하였다.
3. 일본 인명, 지명과 같은 고유명사 표기는 교육부 고시에 따른 외래어 표기법에
   준하였다.
4. 목차의 게재 순서는 작품 발표 시기가 이른 것부터 순차적으로 배치하였다.

01

이구라(飯倉) 소식 — 아들에게 보내는 편지

시마자키 도손(島崎藤村)

1872-1943. 일본의 시인, 소설가. 『문학계(文学界)』 동인
으로서 낭만주의 시인으로 등단했으나 소설가로 전향하여
일본의 대표적인 자연주의 작가로서 명성을 얻었다. 『파계
(破壞)』(1906), 『봄(春)』(1908), 『신생(新生)』(1919), 『동
트기 전(夜明け前)』(1929) 등의 대표작들을 남겼다.

1.

대지진이 발생한 날로부터 어느새 33일 째가 되었다. 이곳의
모습은 네가 있는 기소(木曾)의 산지(山地)로도 매일같이 확실히
전해졌을 것이라고 생각한다. 나는 네가 우리들의 일을 염려하여
상경할 생각을 하는 것은 아닐까 하고 매우 걱정을 했다. 지진
이후 여행이 곤란해졌다는 이야기를 듣고는 네가 상경하지 않기
를, 너는 너대로 그 곳에서 얌전히 있어주기를 나는 바라 마지않
았다.

다행히 나도 무사하고 네 남동생들도 무사하고 네 여동생도

11

무사하다. 그리고 이구라 잇초메(一丁目)까지 번졌던 큰불도 면했기 때문에 그 일을 서둘러 네게 알려 네가 상경하고자 하는 것을 막고자 하는 마음으로, 교통이 단절되었을 당시 나는 그저 걱정만 하고 있었다.

나는 그 놀라운 지진과 화재, 그 후에 발생한 일들에 대해 좁은 범위에서지만 내가 보고 들은 것들을 네 앞으로 적어 보내고자 한다. 하지만 오늘까지는 그것도 용이하지 않았다. 오래 살아 익숙해진 도쿄의 3분의 2는 거의 예전 모습을 잃어버렸고 굶주림이 가차 없이 무수한 이재민을 덮쳤을 뿐 아니라, 어제는 몇십 명의 부상자가 떠매어진 채 길을 지나갔다.

오늘 어쩌면 또 다시 큰 여진이 덮쳐올지도 모른다든가 하는 혼란스러운 공기와 비참한 광경 속에서 실제로 내가 무엇을 쓸 수 있었겠니. 지난 한 달여의 시간 동안 우리들은 함께 있으면서 그저 서로를 걱정하는 수밖에 없었다. 우리들은 계속해서 인내하고 절제하며 겨우 여기까지 올 수 있었던 것 같다는 생각이 든다.

그제 오후, 나는 볼일을 보러 나간 김에 아자부(麻布) 모리모토초(森元町)에서 아자부 주방(十番) 쪽으로 걸었다. 그 부근은 너도 곧잘 걷곤 했던 곳이었지. 골목이란 골목마다 무너진 채 그대로 있는 집들이 있더구나. 부서진 기와나 벽 등을 그러모아둔 것들이 오가는 길에 산처럼 쌓여있었다. 나는 그 사이를 걸어 주방에서 아자부 구청 앞으로 나갔다. 그 때 나는 평소 보지 못했던 사람들이 흰 양복을 입은 순사에게 줄지어 끌려가며 롯폰기(六本木) 방면에서 거리를 지나는 것을 보았다.

등이 높은 체격, 움푹 꺼진 볼, 긴 얼굴, 특색 있는 눈빛 등으로 그 100명 정도 되는 일행이 어떤 사람들인지 나는 바로 알 수 있었다. 그 중에는 16,7세 정도 된 소년도 두세 명 섞여 있었다. 그 사람들이 바로 지금으로부터 30일 쯤 전에 실로 무서운 유령으로서 시민들에 눈에 비춰졌던 이들이었다.

맑고 푸른 가을 하늘 아래에서 보니 저마다 보자기 꾸러미를 손에 들고 제각각의 모습을 한 채였고 개중에는 챙이 넓은 밀짚모자가 바람에 날리지 않도록 하면서 서둘러 길 한 쪽을 줄지어 걸어가는 이도 있었다. 무리들 중 반장인 것처럼 보이는, 푸른 휘장을 가슴에 두르고 일행을 빼닮은 얼굴로 따라가는 사람도 있었다. 나는 뭐라 형용하기 어려운 느낌에 사로잡힌 채, 아마도 시바우라(芝浦)를 향해 귀국을 서두르고 있는 듯한 그 사람들의 일행을 쳐다보았다.

뜻하지 않은 이야기를 썼구나.

대지진 이후, 고대하던 곳으로부터의 우편이 차례차례 서둘러 우리들 손에 도착하게 된 일에 대한 것도 여기에 써두려고 한다. 바로 얼마 전까지는 9월 3일자 편지도 9월 10일자 엽서도 꽤 여러 날이 걸려 동시에 같은 지방으로부터 도착하는 일이 있었으나, 곧 그런 혼잡함은 없어졌다. 어제도 나는 기소 후쿠시마(木曾

福島)의 숙부로부터 9월 28일자의 소식을 받았다. 그만큼 네가 있는 미사카(神坂) 마을도 가까워진 것 같은 기분이 든다.

나는 이 다음 소식에서 지진 당시의 일을 너에게 써 보내려고 한다. 현재의 도쿄는 마치 모든 것을 잃어버리고 잿더미 속에서 몸을 일으켜 겨우 기력을 회복하고자 하는 사람처럼 보인다. 계엄령조차 아직 풀리지 않았다. 입고 있던 옷 그대로 불타는 집에서 쫓겨나, 곧 슬슬 차가운 비가 내릴 지금 계절에 몇몇 지인의 거처에 몸을 의탁한 채 변변히 잠들지도 못할 사람들이 내 주위만 해도 몇인지 모르겠구나.

2.

9월 1일은 마침 니카카이(二科会)[1]의 전시회가 열린다고 한 날로, 그림을 좋아하는 네 동생들은 아침부터 우에노(上野)까지 나갔다가 점심이 되기 조금 전에 돌아와 가을 전람회 프로그램 등을 펼쳐놓고 있었다. 네 여동생에게는 학교 친구가 놀러와 있었고, 동편 이웃 오야(大家) 씨의 딸아이도 놀러와 있었는데, 그 아이다운 목소리가 현관 쪽에서도 들렸다. 그렇게 우리가 집에서 별다른 일 없이 지내고 있을 때였다. 올해 봄부터 우리 집에 와

---

1) 일본의 미술가단체 중 하나. 니카덴(二科展)이라는 전시회로 널리 알려져 있다.

14

일을 거들고 있는 오키누(おきぬ) 씨도 건강하고, 오코(お幸)도 변함 없이 일하고 있다. 그 두 사람은 부엌 쪽에서 점심밥 준비로 바빴다.

그 때 지진이 일어났다. 엉겁결에 나는 내 공부방에서 바로 장지문 밖의 정원으로 나갔다. 내가 지진을 싫어하는 것은 너도 잘 알고 있는 대로다. 그런 나조차 그만큼 큰 지진이 올 거라고는 생각 못했다. 그 증거로 내 아이들에게 말 한 마디 걸 엄두조차 못 내고, 정원에 있으면서 집이 흔들리는 소리나 물건이 떨어지는 소리를 들으며 곧 그치겠지 생각하고 있었다. 나는 안쪽 방에 있는 화로를 정원으로 옮겨와 불을 꺼트렸다. 그 와중에도 극심하게 흔들렸다. 내가 급히 정원 출입문을 열자 집안사람들이 거의 맨발로 뛰쳐나왔다.

너도 알고 있는 것처럼 여기는 좁고 움푹 팬 비탈 아래라서 주위가 돌담과 높은 지붕으로 둘러싸여 있는 곳이지 않니. 우리들은 마땅히 도망칠 곳이 없었다. 집 앞에서 비탈 방면으로 다니는 돌계단이 있는 곳은 우르르 쏟아진 흙더미나 넘어진 담벼락에 길이 막혀 버렸었다. 우리들은 이웃집 뒷마당에 있는 청동(青桐)2) 아래에 모여 심한 진동이 지나가기를 기다렸다. 아이들 생각에 돌아봤더니 게이지(鶏二), 오스케(鶖助), 류코(柳子) 그리고 류코의

---

2) 오동나무 과의 식물, 벽오동이라고도 부름.

친구 얼굴이 한 데 보였고, 옆집 오야 씨 집 딸아이는 맨발인 채 오키누 씨에게 안겨있었다.

지금 당장이라도 떨어질 것처럼 집이 삐걱거리는 소리, 물건이 넘어지는 소리, 흙벽이 무너지는 소리 등을 들으며 일동이 청동 나무 아래에 한 덩어리가 되어 있을 때는 아무 생각이 나지 않더구나.

어느 집의 창문인지 가릴 것 없이 유리가 깨지는 소리도 들렸다. 우리들이 낭떠러지를 따라 이동하기라도 하는 것처럼 위험한 돌 사이를 건너거나 무너진 흙을 밟거나 하며 겨우 나무 언덕의 좁다란 길로 나올 수 있었던 것은 옆집 정원을 통해서였다.

그때가 되어서도 아직 나는 이것으로 지진이 멎을 것이라고 생각했다. 아마 나뿐 아니라 어디로 어떻게 도망쳤는지 모를 이 부근 사람들 대부분이 같은 생각을 했을 것이다. 오가는 길에는 평소 만날 일이 적은 근처 가족들까지 나와 있었다. 젊은이의 손을 잡고 있는 노인, 눈을 동그랗게 뜬 어린 아이, 맨발인 채로 떨고 있는 처녀, 이들 모두가 갑작스럽게 생긴 일에 가슴을 진정시키지 못하고 서있었다. 류코와 그 친구는 오코의 손을 붙들고 있었다.

나무 언덕에 올라 전차가 다니는 길까지 나가 보니 엄청난 파손의 흔적이 한층 눈에 들어왔다. 위엄 있는 토장(土蔵) 지붕은 주저앉았고 벽은 넘어졌으며 벽돌 담장이란 담장은 대부분 무너져 있었다. 내가 이구라 잇초메 쪽까지 나가 보려 할 때 두 번째 격한 흔들림이 발생했다. 나를 따라 걷던 게이지는 내 손을 꽉 잡고 놓지 않으려 할 정도였다.

도쿄의 천문대 방향으로 꺾어지는 골목 어귀의 오래된 저택이 우리들 눈앞에서 무너질 뻔한 것을 본 것도 그 때였다. 우리들이 그날 점심밥을 먹으려고 준비하던 무렵부터 20분이 채 지나지 않은 때였던 것으로 기억한다. 실로 급격하게 우리들은 이런 큰 이변 속에 처하게 되었다.

3.

또 흔들림이 시작될까 두려워 그 후에는 집에 들어가려는 사람이 없었다. 이 근처의 사람들은 사가라(相良) 씨의 저택 앞 벚꽃나무가 많은 곳에 모였다. 도쿄 천문대에서 근무하는 이학(理学) 박사 후쿠미(福見) 씨로부터 나중에 들은 이야기에 따르면, 대지진이 발생하고 얼마 지나지 않았을 때 높은 곳에서 내려다보니 불이 열한 군데에서 나고 있었다고 한다. 우리가 부랴부랴 피난했던 장소에서는 그만큼의 불길은 보이지 않았지만 처음에 다카나와(高輪) 방면에서 하늘 높이 엄청난 연기가 치솟는 것을 보았다.

내가 잠시 아이들 곁을 떠나 자리를 비우려 하자 게이지가 바로 걱정하며 말했다.

'아버지, 아무 데도 가지 마세요. 모두와 함께 모여 있어요.'

끝나지 않을 것만 같은 진동이 불길하게 우리 몸에 전해졌다. 조금 격한 흔들림이 찾아오면 엉겁결에 우리는 마주보지 않을 수 없었는데, 그럴 때마다 모두 눈빛이 달라졌다. 류코와 류코의 학교 친구인 여자아이는 공포를 느낀 나머지 오코의 무릎에 울며 매달렸다.

우리는 마침 그 자리에 있는 것들을 급한 대로 긁어모아 나무 한쪽에 앉거나 돗자리 위에 앉거나 했으나 우리들 대부분은 여전히 맨발인 채였다. 뜨거운 가을 햇살이 벚꽃나무 잎 사이로 비출 때마다 나는 심한 갈증을 느꼈지만 어쩔 도리가 없었다. 모든 수도는 일찌감치 끊어졌고 나루토(鳴戸) 스시집 뒤편에 있는 깊은 우물의 물도 말라있었다.

흔들림이 얼마쯤 잦아드는 것을 기다려 우리는 사가라 씨 저택의 문 앞 쪽으로 자리를 옮겼다. 그곳 벚꽃나무 아래에 돗자리를 깔고 근처 사람들과 함께 날을 샐 각오를 했다. 숨을 헐떡이며 내가 있는 곳에 급히 찾아와 준 사람의 이야기에 따르면, 간다(神田) 방면은 맹렬한 기세로 불타고 있어 그 사람의 하숙집도 타버렸고 하숙집 사람들은 행방불명이 되었다고 하더구나. 어찌나 숨을 헐떡이며 이야기하던지, 무슨 말을 하는 지조차 잘 들리지 않았다.

그 사람은 내 얼굴을 본 것만으로도 만족스러워하며 수박 한

쪽을 반으로 잘라 나와 나눠 먹고는, 여기에 오는 도중 순사에게서 빵을 받았는데 그 빵을 자기 뿐 아니라 누구에게든 무료로 나눠주었다고 하는 이야기 등을 남긴 채 다시 시내 방면으로 서둘러 돌아갔다. 여러 지인들의 집은 어떻게 되었을까. 그것을 생각하니 나는 도저히 가만히 있을 수가 없었다.

우리 집 남쪽 이웃에 일본은행에 다니는 처자가 있는 것을 너는 기억하는지 모르겠구나. 그 처자는 손발을 붕대로 감은 채 수레 위에 실려 해가 지기 조금 전 가족들이 걱정하고 있는 이곳에 도착했다. 처자는 다른 동료 네 명과 함께 은행 건물 3층에 있었다고 했다. 중앙에 있었던 두 사람은 압사 당했고 세면대 아래에 있었던 처자들만이 기적적으로 생명을 건졌다고 한다.

이런 비참한 이야기가 우리 바로 옆에서 들려왔다. 그 무렵까지 류코의 학교친구는 아직 우리와 함께 있었는데, 씩씩한 오키누 씨는 아이의 부모가 있는 나가사카(永坂)까지 그 아이를 데려다 주고 왔다.

슬슬 날이 저물기 시작한 벚꽃나무 그늘에서 바라보니 시내 방면은 소용돌이에 둘러싸인 연기의 바다 같았고, 그 위에는 비구름 같은 큰 구름 모양 같은 것이 먼 시내 거리를 감싸기라도 하는 듯 떠 있었다. 저게 구름일까, 아니면 연기일까. 내가 그렇게 말하자 네 동생들이 전부 화재로 인한 연기라고 답했다. 지금 돌이켜 생각해보면 화염과 함께 치솟았다고 하는 회오리바람 —

오차노미즈(お茶の水)의 여자 사범학교 건물을 겨우 4분만에 다 태워버렸다고 하는 무서운 바람은 그 연기에서 생겨난 것일 테다.

석양빛을 받음에 따라 위쪽부터 차례로 색이 변하며 해가 져 갔다. 연기치고는 너무 강하게 흰색으로 빛나던 이상한 모양의 그림자 짙은 부분도 차례로 저물어 갈 무렵, 또 다시 놀랄 만큼 땅이 흔들렸다. 나는 어두운 나무 그늘 아래서 랜턴을 드리운 채 돗자리 위에 앉아 화재가 난 쪽의 일을 걱정하며 주먹밥을 먹었다.

4.

뭔지 모를 것이 폭발하는 것 같은 소리가 불이 난 쪽에서 밤새 들려왔다. 천문대에서 일하는 이학박사 후쿠미 씨에게 그 소리에 관해 나중에 물었더니, 그 소리에는 다른 소리도 섞여있긴 했을 것이나 대부분은 거리의 전봇대 위에 장치해둔 기름관이 터지는 소리라고 답해주었다. 그런 연유를 몰랐던 나 같은 사람에게는 그 폭발 소리가 듣고 있는 것만으로도 방심할 수 없게 만드는 엄청난 소리로 느껴졌다.

네 남동생의 친구들 − 이마이(今井)나 이후쿠(井福) 등은 게이지, 오스케와 함께 서로 소년다운 주의를 기울이며 그 소리가 방화의 수단으로서 집을 무너트리기 위해 던진 폭탄 소리라든가,

약품 창고가 파열되는 소리라든가 하는 이야기를 주고받았다. 시바우라(芝浦) 쪽은 쓰나미가 올 지도 모른다고 하여 소란스럽다고 하는 소문이 들려온 것도 그날 밤이었다.

그날 오후부터 저녁까지 우리가 몸으로 느낀 지진만도 117회 가까이 된다고 하는 것은 나중에서야 들었다. 달빛에 의지해 이구라의 전차가 다니는 길로 나가 보니 시내 방면에서 화재를 피해 도망쳐온 사람들 무리의 왕래가 이어지고 있었고 그것이 날이 밝아올 무렵까지 끊이지 않았다.

우리가 화재의 위험을 피부로 느끼기 시작한 것은 밤 2시가 지날 무렵이었다. 이 아자부 주변까지 불이 번져올 것이라고는 나를 포함해 근처 사람 누구도 생각지 않았다. 도라노몬(虎の門)을 태우고 도모에초(巴町)를 태우고 가미야초(神谷町)를 태운 불이 이윽고 이구라 잇초메까지 다가온 것은 실로 순식간에 일어난 일처럼 느껴졌다.

그때 불길은 세 방향에서 일어나고 있었다. 스즈키(鈴木) 씨 병원 뒤편 부근에 서서 이번 지진으로 무너진 언덕 위로부터 맞은편 산등성이를 바라보았더니 분명 나가사카의 다카키(高木) 씨 저택인 듯 싶은 높은 건물 벽에 비친 검붉은 불의 반사됨이 무섭게 눈에 들어왔다. 좌우를 오가는 사람들을 헤치고 언덕 위까지 달려가 맞은편 산등성이를 볼 때마다 그 위의 건물은 한층 강하게 불을 반사하고 있었다.

그것을 보자 나는 내 볼까지 뜨겁게 달아오르는 것만 같았다. 불은 아자부 다니마치(谷町) 방면에서도 번져왔다. 밤하늘에 춤추듯 솟아오르는 불씨가 도쿠가와(德川) 씨의 집 안에 떨어지고 그 집 밤나무 위에도 떨어질 무렵, 우리 집에도 화재가 닥칠 것을 각오하게 되었다.

우리는 잔뜩 짊어지고 나온 짐들이 오히려 방해가 될 것을 우려해 옷조차 기모노 두 벌씩 정도만을 챙겨 각자 그것을 손에 들고 일단 미카와다이(三河台) 모퉁이까지 도망쳤다. 만약 불이 번져오면 롯폰기에서 아오야마(青山) 방면으로 도망칠 생각을 한 채로 말이다.

그런 와중에 날이 밝아왔다. 다행히 바람의 방향이 바뀌어 그럭저럭 우리가 위험한 고비를 넘겼다고 생각할 무렵에는 이미 아침이 되어 있었다. 멀리서 인 화재 연기가 아직 자욱하게 솟아나고 있는 거리의 하늘에는 북쪽 지방 끝에서나 볼 법한, 타오르듯 빛나는 복숭앗빛 태양이 떠 있었다. 그 어떤 장면도 사무치게 느껴졌다.

우리가 미카와다이 모퉁이에서 다시 한 번 사가라 씨의 집 앞쪽으로 돌아갔을 무렵, 큰불도 웬만큼 잦아든 것처럼 보였다. 그제야 보니 아자부 우체국도 무너졌고 많은 전봇대들이 넘어졌으며 전차도 다닐 수 없게 되었더구나. 다른 지역을 오가는 교통기관은 모두 일찌감치 단절되었다는 것도 알았다.

뜻밖에 비행기 한 대가 힘찬 프로펠러 소리를 아침 하늘에 울리며 다카나와 방향에서 날아왔다. 사람들은 하늘이 잘 보이는 곳을 향해 앞 다투어 나아갔다. 구제할 길 없는 상황에 빠진 시민들을 위해 특별한 사명을 부여받고 오기라도 한 듯한 공중의 방문자를 환영하기라도 하는 것처럼. 그 비행기가 지진 이후 우리들이 본 최초의 비행기였다.

5.

이런 기이한 상황에 내가 실제로 목격한 이 근처 사람들의 마음 상태에 관해 네게 얘기하고 싶구나. 이구라 한 쪽 길의 전차가 다니는 곳으로부터 완만한 경사를 사이에 두고 안쪽으로 들어간 곳에 흰색 기와와 돌을 안배하여 만든 사가라 씨의 집 문이 있는 것을 너도 기억하고 있을까. 거기서 나루토 스시집 뒤편에 걸쳐 있는 몇 그루의 벚꽃나무 뿌리 주변에 돗자리를 깔고 앉은 이번 대지진을 피해 도망친 사람들의 모습을 네게도 보여주고 싶었다.

그곳에는 150여 명의 사람들이 모여 있었다. 우리는 이웃과의 사귐도 평소에 거의 없는 편이었기 때문에 그 돗자리 위에 올라가 앉기까지 나는 우리 바로 옆집 사람이 다케자와(竹沢) 씨라는 것도 몰랐다. 우리 집 북쪽의 이웃은 스즈키(鈴木) 씨로, 그 집 거실 창문을 통해 들려오는 아이 목소리를 아마 너도 들은 적이 있을지 모르겠다. 높은 돌담 하나가 칸막이가 되어 나는 지금껏 등을 맞댄 채 살고 있던 그 스즈키 씨가 어디에서 일하는 사람인지조차 몰랐다.

집주인도 임차인도 그 돗자리 위에서는 마치 한 가족인 것처럼 무릎을 맞대고 앉았다. 내가 남쪽 이웃인 스기야마(杉山) 씨의 모든 가족을 본 것 역시 그것이 처음이었다고 해도 과언이 아니다. 그곳에는 지진 때문에 부상을 입은 딸이 손발을 붕대로 감은 채 반듯이 누워 잠들어 있었다. 아들인지 손자인지 모를 사람에게 업혀 피난 온 백발의 노인도 있었다. 맞은편 벚꽃나무 잎이 그늘을 드리운 쪽에서는 우리가 보고 있는 앞에서 품을 헤치고 사랑스러운 아기에게 젖을 물리는 젊은 엄마도 있었다.

햇수로 7년이나 이구라에 사는 동안 지금껏 단 한 번이라도 이런 광경을 본 적이 있었던가. 그도 그럴 법 하지. 우리는 너무 집에 갇힌 생활에 익숙해져 있어서 가령 잠시라도 집을 떠나본다든가 할 기회를 거의 갖지 못한 채 지내왔으니까. 이런 곳에서 이웃 사람들을 보게 되다니. 그런 생각을 하자 기쁘더구나. 평소에는 거의 말을 주고받을 일 없는 사람과 그곳에서는 이야기를 나누고 주먹밥을 나눠 먹으며 흔들림이 발생할 때마다 서로 얼굴을 마주한 채 같은 가슴의 고동을 느꼈다. 만약 우리의 인생이 영원히 이 근방에서 말하는 사귐처럼 표면적인 것이라고 한다면 어째

24

서 이렇듯 뜨거운 샘이 마음에 용솟음쳐 흐를 수 있겠느냐.

부인들도 열심히 움직였다. 나무 언덕 위에 있는 스즈키 씨의 병원은 지진 탓에 지붕의 기와가 떨어지고 담도 무너져 아마도 이 부근에서는 가장 심하게 파손을 입은 곳일 것이라는 이야기가 있었다. 그 집 가족들은 모두 가마쿠라(鎌倉) 쪽에 있었는데 주인이 비운 자리를 나이든 간호사와 하녀 등 여자들이 잘 메워주었다. 이는 한 예에 불과하다. 평소 수고를 인정받는 일도 드문 각 집의 하인들이 뜻밖의 용기를 내어 그 주인을 구한 것도 이번 지진에서 빼놓기 힘든 일일 것이란 생각이 든다.

6.

곧 롯폰기 사거리 부근에는 이번 큰불로 타버린 시내의 주요 건물이나 소실된 거리 구획 등의 등사판 인쇄물이 붙었다. 이구라 한쪽 거리 부근 전차의 선로 위는 화재에 내쫓긴 사람들의 짐으로 가득했고, 잇초메 언덕 아래쪽에서 피난해 온 무수히 많은 남녀 무리가 아오야마 시부야 방면을 향해가며 속속 이 거리를 지나고 있었다.

불길이 잦아든 즈음이라고는 해도 아직 먼 곳의 거리는 불타고 있었다. 시모야의 오카라마치(徒士町)로부터 불에 쫓겨 챙겨 나온 짐도 하나 둘 버리고 마지막에는 우에노 히로코지(広小路)로 피난한 사람이 나중에 찾아와 하는 얘기를 들어보니, 오카라마치 부근이 도리고에(鳥越) 방면에서 옮겨 붙은 불로 타버린 것은 9월 2일 오후 2시쯤이었다고 한다.

이런 재해의 격동 속인데도 불구하고, 감수성 예민한 여인들마저 버선발로 옷자락을 걷어지른 채 보자기 꾸러미를 등에 지고 재투성이가 된 수건을 덮어가며 저마다 바지런하게 거리를 지나 갔다. 메마른 도로를 스쳐 지나가는 자동차로부터 피어오르는 흙 먼지는 거리의 하늘을 어둡게 만들었다. 나는 지나쳐가는 무수한 피난민들을 보면서 한 곳에 길게 서 있을 수가 없었다. 거리의 모습을 본 것에 만족하고는 다시 아이들 옆으로 돌아왔다.

이상한 점심시간이 다가왔다. 화재가 난 곳에 신경을 쓰면서 우리들은 사가라 씨의 저택 앞에서 평소보다 늦게 주먹밥을 먹었으나, 누구 하나 그것을 점심이라고는 생각하지 않았다. 모두 저녁밥이라고 생각했다. 아이들도 피곤했는지 점심밥을 먹으라고 불러 깨우기 전까지는 잠들어 있었는데, 눈을 뜬 아이들은 하나같이 밤인지 낮인지 헷갈려 하는 얼굴로 주변을 둘러보았다. 뭐라 말할 수 없는 거리의 어둠이었다.

계속되는 흔들림을 예측하기 어려운 상황에 낮인지 밤인지 알수 없는 그 이상한 어둠까지 더해져 묘하게 모두의 마음을 무겁게 만들었다. 이 부근에는 비교적 우물 있는 집들이 있어 다행히 우리들은 식수가 부족하지 않았다. 사가라 씨, 나루토 스시집, 다

키모토(滝本) 씨 집에 있는 깊은 우물물은 일시적으로만 탁해졌을 뿐 끓이면 먹을 수가 있었다.

노비(濃尾) 지방의 지진3) ― 그것은 벌써 몇 십 년 전이나 된 훨씬 이전의 일인데, 그 당시의 기억이 내 마음에 떠올랐다. 나는 그 대지진 후에 심하게 땅이 갈라진 미노(美濃) 지방을 지나 네가 현재 지내고 있는 마을의 고향 사람들을 방문했던 적이 있다. 그 때 나는 네 할머님으로부터 그 지진 당시의 일을 들었다.

할머니들은 지진이 일어난 곳에서 떨어져 있는 산 위에 살고 계셨지만 매일 밤낮 끊임없이 이어지는 흔들림을 느꼈다고 한다. 나는 할머니들이 뒤편 대나무 밭에서 지낸 기간이 며칠이었는지는 확실히 기억하지 못하지만, 그곳에 판자문이나 돗자리를 꺼내 놓고 밤에도 대나무 숲에서 잠들었다고 했던 것은 기억한다. 거기서 지낸 기간이 꽤 길어 듣고 놀랐던 기억도 있다.

그 이야기를 나는 게이지나 오스케 옆에서 떠올렸다. 이런 큰 지진이 발생한 후에는 더욱 흔들림이 계속될 것을 각오해야만 한다고 아이들에게 이야기해 주었다. 오늘 저녁 6시나 7시쯤이 또 걱정이라고 아이들마저 그런 이야기를 주고받고 있었다.

'방화를 저지르는 자들이 있으니 조심하도록'

그런 경고가 이 혼란스러운 거리의 공기 속으로 전해져왔다.

---

3) 1891년 10월 28일에 노비(濃尾) 지방에서 발생한 지진. 일본 역사상 최대의 내륙 지반내 지진. 미노·오와리지진(美濃·尾張地震)이라고도 불린다.

7.

우리들이 모여 있던 장소는 가타마치(片町)의 전차가 다니는 곳에서 잘 보이는 위치에 있었기 때문에 다른 곳에서 온 피난민들이 피곤한 다리를 쉬어가기 위해 들르는 일도 적지 않았다. 그중에는 쓰키지(築地) 방면에서 화재를 피해 온 7,8명 정도 되는 부녀자들의 일행도 있었다. 저마다 둘 혹은 셋씩 아이들을 데리고 있었고, 화재가 일어난 곳의 혼잡 속에서 남편을 놓쳐 버렸다고 하는 사람들이었다. 우리들이 임시방편으로 모여 있던 문 앞 근처에는 이런 무리들도 찾아와 맞은편 벚꽃나무 아래에서 다리를 쉬고 있었다.

그곳에 서른대여섯 살 가량 된 양복을 입은 낯선 남자가 찾아왔다. 이 마을 사람들이 눈에도 보이지 않는 무서운 적의 내습에 대해 들은 것은 그 남자를 통해서였다. 나는 의아한 생각이 들어 그런 풍문을 확인하기 위해 그 남자 쪽으로 다가가 보았으나 그때 그는 이미 저쪽으로 가버린 뒤였다.

유별난 것을 즐기는 사람인지, 악질적인 장난인지, 아니면 정말 친절을 베푼 것인지 의도를 알 수 없는 그 남자가 남기고 간 이야기는 오히려 모두를 불안하게 만들었다. 다른 곳에서 온 피난민들 중에는 슬슬 짐을 정리하기 시작한 사람도 있었다. 우리들과 함께 돗자리 위에 앉아있던 사람들마저 한 사람 두 사람 일어나기 시작하자 왠지 소란스러운 거리의 상황이 신경 쓰였다.

이런 때에 가장 소문이 빠른 것은 아이들이다. 여자아이들은 가능하면 시내 거리 외곽으로 피신시켜라. 저녁에는 그런 소리마저 우리들 귀에 들어왔다. 큰 지진, 큰불, 회오리 바람, 쓰나미 - 온갖 천재지변의 습격이 닥쳐온 것 같은 이 비상시에 사소한 풍문에조차 마음을 동요하게 되는 것은 아이들뿐만이 아니었다. 쉬지도 못하고 잠들지도 못하던 어른들마저 모두 아이들 같은 마음이 되어있었다.

어쨌든 우리들은 다른 곳에서 온 사람들이 들이닥치기 쉬운 이런 문 앞을 떠나 여자 아이들을 숨겨두고 싶었다. 가장 안전한 장소에 모두를 데려다두고 싶었다. 그래서 나는 사가라 씨 저택 안을 이 마을 사람들에게 개방해 줄 것을 청하는 교섭을 하기 위해 다케자와 씨와 함께 나섰다.

주인은 외국에 나가 있다고 들었는데, 집을 지키고 있던 사람이 흔쾌히 우리들의 말을 들어 주었다. 이윽고 내가 다케자와 씨와 함께 저택을 나오고자 할 무렵에는 철로 된 문이 이미 열려있었고 200명 쯤 되는 사람들이 저택 정원 안으로 한꺼번에 밀려들어와 있었다.

"아버지, 어디 가셨던 거예요. 우리는 아까부터 아버지만 찾고 있었어요."

아이들은 내가 보이지 않자 걱정하면서 이 혼란스러운 속을 찾아다녔던 것이다.

"우물에 독약을 푸는 사람이 있다고 하니까 조심해 주세요."

이런 경고가 그곳에 모여 있던 사람들의 불안을 증폭시켰다.

모두 랜턴 불빛을 끈 채 아주 조용히 있었다. 어둑한 정원 나무 쪽에서는 백일해를 앓는 갓난아이의 기침 소리가 들려올 뿐이었고 그 밖에 소리를 내는 사람도 없었다. 아이들도 누구 하나 소리를 내지 않았다.

한밤중에 나는 저택 안 뒤편까지 볼일을 보러 가서 달빛 아래를 걸어보았으나, 음산한 공기가 몸을 덮쳐오는 것만 같았다. 그러나 문 안팎의 경계가 엄중한 것을 떠올리며 안심한 채 다시 아이들 곁으로 돌아와 누웠다. 깊은 밤이슬에 젖어가며 실외에서 보낸 두 번째 밤이었다. 그 밤에도 다시 기와가 떨어져 깨지는 소리를 들었을 정도로 강한 흔들림이 있었다.

8.

이번 큰불에 쫓겨 온 사람의 이야기를 들어보니 불길이 목전에 닥치기 전까지는 손을 마주잡고 있던 사람이라도 결국에는 자신만 살아남고자 하지 않는 이가 없었다. 그와 같은 일을 우리들은 사가라 씨의 저택 정원에서 경험했다. 너무나 엄중한 철문 안에 있으면서 도망갈 길도 막혀버린 사람들은 그 탓에 오히려 엄청난 공포를 안고 있었다.

만일 소문의 그 적이 습격해 오기라도 할 경우에는 어떻게 저 담을 넘을 수 있을 것인가, 어떻게 저 나무 그늘 아래 몸을 숨길 수 있을 것인가를 각자 생각했다. 모두 자신의 일만을 생각했다. 아이들조차 소리를 내지 않는 무시무시한 침묵이 그걸 말해주는 것 같았다.

"적이 온다, 적이 와…"

이천 명이나 되는 적이 습격해 올 것이라고 하는 옛날이야기라고 해야 믿을 법한 풍문은 그 다음날에도 계속되었다. 적은 이미 로쿠고(六鄕) 강 부근에서 격퇴 당했으니 안심하라고 하는 사람이 있는가 하면, 아니다, 그 잔당이 잠입해 오지 않으리란 법은 없다고 하는 사람도 있었다.

나는 예전 프랑스 여행 때 세계대전을 경험했을 당시 일이 떠올랐다. 오스트리아와 세르비아의 선전포고, 이어서 이뤄진 독일에 대한 프랑스의 선전포고 당시, 프랑스의 수도 파리는 얼마나 혼란스러웠는지.

"에스피온(espion), 에스피온…."

하고 외치는 소리가 프랑스와 독일 국경 간의 교통이 단절됨과 동시에 들리기 시작했다. 파리에 있는 독일인이 경영하는 상점은 거의 전부가 파리 시민들에 의해 파괴되었다. '에스피온'이란 탐정을 가리키는 것으로 당시 프랑스인들 사이에서 소위 '독일의 개'라는 의미로 사용되었다. 그 무렵 광기에 사로잡힌 프랑스인들은 같은 프랑스인을 의심하기도 했는데, 이번 대지진으로 도쿄의 한가운데서는 '에스피온' 대신 애처로움 '유령'이 등장했구나.

"이런 일을 언급하면서 돌아다니는 녀석이 있다니... 이런 때에는 바보나 광인이 자주 출몰한다니까."

이렇게 분개하는 사람도 있었다.

이다지도 많은 사람들이 고통 받고 있는 것을 보면 아무리 적이라고 해도 우리를 도와주고픈 마음이 들지 않을까. 이 비참한 지진에 편승해 한층 사람 마음을 혼란스럽게 만드는 동포들이 있을 것이라고는 믿고 싶지 않았다. 우리들은 우리들 안에서 출몰할지 모를 유령을 두려워했다. 그런 유언비어에 자극 받아 적도 아닌 상대방이 진짜 적이 되어 나타날 것을 겁냈다. 이런 때에 신문이라도 있어서 정확한 보도를 전해 주었다면 좋았을 텐데 하고 우리는 생각했다.

시내를 지키는 순사도 이미 기진맥진해 있을 것이고, 화재로 인해 숨진 사람도 있을 터였다. 많은 시민들도 쉬지 못하고 잠들지 못한 채였다. 모두 어찌할 바를 몰랐던 것이다.

쓰디쓴 하룻밤의 경험에 질린 이 마을 사람들이 각자 서로를 보호하고자 행동에 나선 것은 그때부터였다. 북쪽 이웃 스즈키 씨, 오와라 씨 등과 함께 네 동생들도 각각 호신용 막대를 차고

32

날이 저물 무렵부터 마을을 지키기 위해 나섰다. 밤 12시에는 또 큰 지진이 올 것이라는 유언비어가 전해졌던 것도 그 3일째 밤의 일이었다.

9.

네 일이 자꾸 신경 쓰였다. 도쿄의 태반이 이미 흔적도 없이 다 타버려 전 시내의 사망자 수가 십 만 내지는 이십 만이라고 하고 혼조의 피복창(被服廠)4)에서만 3만 명 이상의 사람이 죽었다고 한다. 뿐만 아니라 도쿄 이외의 지역에서도 요코하마가 전멸했다는 보도가 전해졌고 지진 피해를 입은 구역이 쇼난 일대에서 보슈(房州) 방면에까지 이른다는 사실을 알았을 때 우리 모두 얼마나 놀랐는지.

너는 나가노(長野) 혹은 아이치(愛知) 방면의 신문을 펼쳐들었을 때 어떤 심정으로 이 대지진 관련 보도를 읽어내려 갔을까. 이곳의 모습이 어떤 식으로 네게 전해졌을는지 궁금하구나.

4일째부터 우리는 북쪽 이웃인 스즈키 씨의 집 일부를 빌려 우

---

4) 간토대지진 때 일어났던 대참사. 피복창이란 원래 구(旧) 일본육군부대에 지급하는 의복품의 조달, 분재, 제조, 저장을 담당하는 공장과 그것을 통괄하는 기관을 총칭하는 말이다. 간토대지진 발생 당시 이 피복창 주변으로 인근 주민 4만여 명이 피신을 했으나 강풍으로 인해 번져온 불에 휘말려 피신 중이던 인원 대부분이 죽음을 면치 못했다.

선 우리 식구 일동이 그곳으로 피신하기로 했다. 나무 언덕 아래에서 사가라 씨 저택 앞으로 통하는 좁은 길이 위험했기 때문에 흔들림이 있을 때마다 파손이 늘어나 언제 산사태나 땅이 갈라진 쪽에서 높은 돌담이 무너져 내릴지 알 수 없었기 때문이다.

우리는 아직 우리 집 쪽으로 돌아가 잘 마음은 들지 않았는데, 그 덕분에 북쪽 이웃집 지붕 아래에 몸을 뉘일 수 있었다. 아마도 너는 이쪽의 상황을 아무것도 모른 채 있었을 테니, 어쨌든 우리들이 무사히 피신했다는 것을 조금이라도 서둘러 너에게 알리고 싶다는 생각을 했지만 어쩔 도리가 없었다.

나흘 째 되던 날 마침 우리가 있는 곳을 찾아와 준 사람이 있었다. 그 사람은 너도 잘 모르는 청년이었는데, 평소 지내던 니혼바시의 상가가 전멸한 탓에 서둘러 도쿄를 떠나려는 사람이었다. 지금부터 열차를 탈 수 있는 곳까지 걸어가려고 한다면서 작별인사를 하러 들러준 것이었다.

그 청년의 목적지가 신슈(信州)의 고모로(小諸)였는데, 나는 그 마을에 시나노(信濃) 마이니치(毎日) 신문의 통신원이 있었던 것을 떠올리고는 그 통신원을 만나 이쪽의 사정을 전해줄 수 있느냐고 부탁해 보았다. 나는 만일 시나노 마이니치 지면 한쪽에라도 이쪽의 상황을 전하는 것이 가능하다면 그 산 위에 있는 많은 지인들이 안심할 수 있을 뿐 아니라 틀림없이 우리의 안부를 걱정하고 있을 네게도 소식이 전해지지 않을까 생각했다.

34

오코의 아버지가 그날 히타치(常陸)의 오쓰(大津)로부터 도착했다. 그 중년 사내는 오코의 일이 걱정되어 온 것 뿐 아니라 도쿄의 다른 곳에서 일하고 있는 아들과 딸의 일신이 걱정되어 가와구치(川口)까지는 열차로 온 뒤 그로부터 칠 리 정도 되는 길을 걸어 겨우 도쿄에 도착할 수 있었다고 한다.

다른 지역에서 상경한 사람 중 우리가 가장 빨리 만나본 사람도 그 사내였다. 오코의 아버지는 여기까지 오는 도중 만난 사람 무리 가운데 찾는 사람 누구누구, 피신한 곳 어디어디, 아무개 등 눈에 띄도록 써놓은 광고를 사람들 등에서, 양산(洋傘) 끝에서도 발견했고 때때로 걸어가는 사람 머리 위에서까지 보았다고 말했다. 아이들의 일이 걱정된다면 게이지, 오스케, 류코를 오쓰 방면까지 데려가 주려냐고 말해준 것도 시골 기질 다분한 아저씨다웠다.

여행도 곤란해지기 시작했다. 계엄령은 이미 선포되었고 타다만 은행 문도 굳게 잠겼다. 그 4일째 되던 날쯤 우리 집에 남아있던 것은 쌀 한 되 반이 전부였다. 부탁하면 현미를 나눠 받을 수도 있었고 가지나 호박 등 부족한 야채를 손에 넣을 수도 있었지만 우리는 사실상 농성 중인 것이나 마찬가지였다.

10.

나는 내 신변 주위의 일만을 적었지 그 밖의 일에 대한 것은 아직 아무것도 네게 적어 보내지 않았다. 아버지로서 내가 네 앞으로 편지를 쓰는 것은 곧 젊은 세대 앞으로 편지를 적어 보내는 일이 아닐까. 나는 그런 마음으로 이 편지를 계속해 나갈 생각이었으나 네가 아는 바처럼 병을 앓고 난 뒤의 내 건강이 그것을 허락할 것 같지 않구나. 나는 지진 당시 주변에서 일어난 약간의 일들을 고하는 데서 일단 이 편지를 마치고자 한다.

그 후 불탄 자리5) 쪽에서는 우리가 걱정하던 사람들의 소식이 조금씩 들려왔다. 너와도 잘 아는 하코자키의 요시무라(吉村) 씨는 아마도 이번 화재에서 구사일생으로 목숨을 건진 사람 중 한 명일 것인데, 도슈(土州) 다리 쪽에서 배로 도망쳐 4일째 되던 날 우리가 있는 곳으로 피난을 왔다. 겨우 빼낸 가구도 수레에 싣고는 불탄 자리의 전차길을 따라 걸어왔다고 하는 요시무라 씨의 가족들 모습은 차마 볼 수 없는 지경이었다.

시내 쪽에 살아서 소식도 잘 알 수 없었던 사람들의 일이 알려지기 시작함에 따라 어떤 사람은 스가모(巢鴨), 어떤 사람은 시부야, 어떤 사람은 고이시카와, 누구든 히비야(日比谷) 공원, 하마리

---

5) 화재 등으로 인해 타고 남은 거리나 잔해를 통칭하는 말.

큐(浜離宮)[6] 등지로 일단 불을 피해 도망친 뒤 각각의 장소를 향해 피난 갔을 광경이 그려졌다.

간다에서 고이시카와의 식물원으로 도망친 뒤 다시 가와고에 방면까지 무사히 달아난 사람의 소식이 9일째날 무렵이 되어서야 드디어 전해지기도 했다. 내가 알고 있는 것만 해도 창문에서 떨어져 허리를 다친 사람, 얼굴에 상처를 입은 사람, 수풀에 얼굴을 묻고 불길을 방어한 사람, 혹은 피복창에서 기적적으로 목숨을 건진 사람, 그런 사람들의 이야기를 얼마나 들었는지 모른다.

나는 이 편지에 빠트린 것들이 많아 매우 안타깝다. 지금까지 내가 전한 것들은 9월 4,5일까지 일어난 얼마 안되는 일들에 불과하다. 그때는 아직 시내의 질서도 회복되지 않아서 전등이 없는 거리마다 어두웠고 해가 질 무렵부터 사람들의 왕래도 거의 없어지던 때였다. '빨간 웃음'[7]이 그 일대를 지배하고 있을 때였다. 이 거리에 사는 이마이(今井) 씨의 작은 숙부가 오래된 검을 허리에 차거나 화살을 꺼내들거나 하던 때였다. 수상한 적이 배회하는 것으로 오인되어 롯폰기 근처에서 찔려 죽은 희생자가 나중에 보니 틀림없는 동포 청년이었다고 하는 때였다. 그 청년은 목소리가 저음인 것과 불러 세워도 답을 확실히 하지 않았다는

6) 도쿄도 주오구(中央区)에 있는 옛 별궁.
7) 1904년 발간된 러시아 작가 안드로예프(Andreev, Leonid Nikolaevich)의 단편소설. 러일전쟁 당시의 피로 물든 전장을 무대로 한 작품이다. 작품 내에서 '빨간 웃음(赤い笑い)'은 죽음의 공포가 응축되어 있는 이미지를 가리킨다.

것, 땅거미 질 무렵을 서둘러 달려갔다는 것 등으로 인해 그런 무참한 최후를 맞았다고 한다. 가끔 우리가 있는 곳에 보이던 두 자매의 친척 사이에서조차 이런 일이 일어나고 있었다. 우리 집 부근에서 이 마을을 떠나고자 하는 사람들이 생겨난 것도 그 즈음이었다.

"당신들을 두고 도망가는 것들이라고 생각하시면 곤란해요. 절대 그런 게 아닌데... 그건 정말 이해해 주시지 않으면 곤란하니까요..."

이런 말을 남기고 간 사람도 있었다.

어느 집 가족은 교외(郊外) 쪽으로 이동했다든가 어느 집 주인 양반은 집 봐줄 사람을 남겨두고 딸들과 함께 시골행을 결심했다든가 그런 소문을 들을 때마다 실로 복잡한 심경이었다. 들어보니 이번 대지진 때 네가 있는 산지에서마저 꽤 충격을 받았다고 하는 게 아니겠니. 노인이 있는 집에서는 그 노인을 등에 업고 밖으로 뛰어 도망쳤을 정도였다고 하니 말이야.

나는 피신해 있던 곳에서 기소후쿠시마 구호단 일행 사람들로부터 그 이야기를 들었다. 그 사람들은 노송나무 삿갓을 손에 든 채 그 이야기를 내게 들려주었다. 그 후 히비야의 중앙 우체국에서 지방으로 가는 우편물을 받는단 얘기를 들었을 때 나는 일단 네게 보낼 엽서를 썼으나 그 엽서조차 무사히 네 손에 도착할지 걱정스러웠다. 그만큼 주위의 사정이 불안했고 극히 혼잡스러웠을 때였다.

마침 기소후쿠시마 소학교의 직원으로 내게 문안 차 들러주었던 젊은 청년 선생이 있었다. 그는 다음날에라도 기소후쿠시마까지 돌아갈 것을 목표로 하고 있었기에 네 앞으로 쓴 엽서를 맡아 가져가겠다고 말해 주었다. 나는 뭔가 두꺼운 종이가 반으로 접혀 있는 것을 발견하고는 그 안에 네게 쓴 엽서를 넣어 그것을 기소로 가는 선생의 주머니에 맡겼다. 다행히 우리는 무사하니 너도 지금 상경하는 것은 미루도록 하라고 쓴 그 엽서는 실은 그 선생이 후쿠시마까지 가져가 준 것이었다.

앞으로 네가 다시 보게 될 도쿄는 이전의 도쿄가 아닐 것이다. 네 눈에 남아 있을 도쿄의 대부분은 지금 거의 과거의 모습을 잃어버렸다. 근대인의 자랑이라고 하는 과학이 이만큼 발달한 시대에 태어나 모든 자연을 정복하고자 한 우리의 거만한 사고방식은 뿌리에서부터 갈아엎어졌다. 그 어떤 굉장한 말을 사용해도 이번 참사와 재난을 형용하기에는 부족할 것이라고 말하는 사람도 있다. 이 대자연의 파괴를 당면하여, 실로 눈앞이 캄캄해지고 가슴이 무너져 내릴 뿐이다.

(「도쿄아사히신문(東京朝日新聞)」 1923.10.)

○02

진재일기(震災日記)

가노 사쿠지로(加能作次郎)

1885-1941. 일본의 소설가, 평론가, 번역가. 와세대 대학
(早稲田大学) 문학부 영문과를 졸업한 뒤 하쿠분칸(博文館)
에 입사하여 『문장세계(文章世界)』의 주필(主筆)로서 번역
이나 문예시평을 발표했다. 1918년 사소설(私小説) 「세상
속으로(世の中へ)」를 발표해 인정받았으며 작가로서 활약하
게 된다.

　다이쇼(大正)12년 9월 1일 마침 점심을 먹으려고 식탁에 앉으
려던 때였다. 갑자기 몸이 내던져지는 것 같은 크고 격한 움직임
을 느꼈다. 지진이라고 생각은 했으나 지진으로 인한 흔들림이
그렇게 크고 격렬해질 것이라고는 예상 못했기 때문에 처음에는
기둥에 걸어둔 벽시계가 떨어지려는 것을 붙들고만 있었으나, 점
차 사방의 벽이 부서져 떨어지고 선반의 물건들이 덜그럭덜그럭
떨어지기 시작했다.
　집 전체가 엄청나게 흔들렸고 마치 큰 기왓장과 돌을 절벽에
서 던져 떨어트리기라도 한 것 같은 큰 소리와 함께 지금 당장이
라도 무너질 것만 같은 진동이 시작됐다. 이제 시계 붙들기는 말

할 것도 없고, 서있는 것조차 힘겨워졌기에 나는 옆에서 정신없이 울고 소리치며 덤벙거리고 있는 두 아이를 양 팔에 안아들고는 서랍장 앞에 주저앉았다.

진동은 점점 격렬해져, 언제 그칠지 기미조차 보이지 않았다. 장남은 툇마루에서 정원으로 뛰쳐나가 빨래 말리는 곳의 말뚝을 붙잡고 소리치듯 울고 있었고, 부엌에 있던 아내는 격한 흔들림이 일어났을 때 그곳에서 넘어진 젖먹이 아이를 안고 밖으로 뛰어나갔으며, 아내의 숙부와 하녀는 현관 입구에서 뭔가를 큰소리로 외치며 우왕좌왕하고 있었다.

나는 도망치고 싶어도 칠 수 없는 상태로 참기 힘든 두려움을 느끼며 실내에 있었는데 극도로 당혹스러운 가운데 그저 정신없이 여기저기 흩어져 있는 바깥식구들을 향해 '집으로 들어오라'든가 '밖으로 도망치라'든가 하는, 스스로도 알아듣기 힘든 말을 큰소리로 외칠 뿐이었다.

문이 넘어지고 서랍장 위의 거울이 바로 눈앞에서 떨어졌다. 그 장면들을 본 순간 나는 즉시 이대로 있으면 안되겠다는 생각이 들어 두 아이를 양팔에 안은 채 밖으로 도망치고자 했다. 그러자 그 순간 조금씩 흔들림이 잦아들기 시작했기 때문에 다시 그대로 자리에 앉았다.

그 후 완전히 진동이 멎고 나서 놀란 가슴을 진정시키며 맨발로 밖에 나가보니 이웃 사람들도 ―남자들은 모두 출근해 있을 시간이었기 때문에 여자들 뿐이었다— 모두 흐트러진 모습으로 뛰쳐나와 있었는데, 다들 어안이 벙벙한 상태로 그저 공포에 질린 얼굴을 서로 마주할 따름이었다.

곧 다시 흔들림이 시작됐다. 처음과 거의 다르지 않을 정도의 극심한 진동이었는데, 우리들은 옆집과의 사이에 있는 대나무 울타리의 말뚝 근처에 하나로 모여 몸을 기대고 피신해 있었다. 그리고 우리집 식구들에게도 이웃 사람들에게도 불을 조심해달라고 주의를 준 뒤 진동이 잦아들었을 때 위험을 피해 근처에 있는 꽤 넓은 공터로 가족들을 피신시켰다.

그때 내가 가장 두려웠던 것은 화재였다. 큰 지진 후에는 반드시 큰 화재가 발생한다는 것을 알고 있었고, 날씨는 좋았으나 태풍이 잦은 시기의 폭풍 같은 바람을 연상시키는 강풍이 남쪽에서 불어오고 있음 역시 알고 있었다. 게다가 수도가 지진 발생과 함께 끊어져버렸다. 점심 식사 때라 집집마다 불을 사용하고 있었을 터였기 때문에 혹시나 싶은 생각이 들어 굉장히 걱정스러웠다.

그런데 그 참에 갑자기 주위에서 타는 냄새가 나기 시작했다. 놀라 주위를 살펴보니 지붕이나 벽이 무너진 탓에 부근의 하늘이 회색 흙먼지로 흐려져 있기는 했으나 화재의 낌새 같은 것은 보이지 않았다. 그러나 잠시 후 남쪽 상공에 검은 연기가 피어오르는 것이 보였다. 큰일이다 싶어 아내와 아이들이 있는 공터를 향해 달려가 좀 더 자세히 상태를 살펴보니, 그다지 멀지 않은 곳에서 화재가 발생한 것 같았다. 또한 불길이 여간 큰 것이 아니었다. 게다가 바람의 방향 때문에 화재로 인한 연기가 우리집 상공까지 퍼져있었다.

공터에는 이웃 사람들이 백 명 정도 도망쳐 나와 있었다. 제각기 방석을 머리에 뒤집어쓰거나 바닥에 깔거나 한 상태로 우왕좌왕 소란스러웠다. 그런 와중에 세 번째인가 네 번째의 격한 흔들림이 일어났다. 흔들림이 눈에 보일 정도로 땅이 흔들렸고, 아래로 깊이 꺼질 것만 같은 느낌이 들었기 때문에 사람들의 당혹감은 한층 커져갔다.

한편에서는 불길이 점점 커져가고 있었다. 바람이 강해서 모두 큰일이라고 외치며 허둥지둥 발을 굴렀다. 아이들을 아내의 숙부와 숙부의 하녀에게 맡겨 두고 일단 귀중품만은 꺼내올 생각으로, 나는 책상이나 책 상자의 서랍에서 초벌 원고 및 서류 등을 긁어모았고 아내는 서랍장에서 뭔가를 꺼내고 있었다.

그 사이에도 몇 번인가 여진이 덮쳐왔다. 그 때마다 우리들은 놀라 밖으로 뛰쳐나갔다. 아무리 마음을 진정시키고자 해도 하반신이 떨려와 진정할 수가 없었다. 거실 식탁 위에는 벽에서 떨어진 흙이 잔뜩 덮여있었다. 이미 밥을 담아두었던 밥그릇이 엎어져 있었고, 선반에서 떨어진 거울이나 상자나 빈 깡통 같은 것들이 방 안 여기저기 어질러져 있어 참담한 광경을 빚어내고 있었다.

다시 공터로 돌아가 보니 이미 짐을 운반중인 사람들도 있었

43

다. 급격한 배고픔을 느꼈으나 뭔가를 먹으러 집으로 돌아갈 용기가 나지 않아 밥통을 가져오게 한 뒤 주먹밥을 만들었지만 쉽사리 삼켜지지 않았다.

화재는 도처에서 발생하고 있는 모양이었다. 왼쪽 방향의 고이시카와 부근 상공에서 마치 한여름의 구름처럼 생긴 엄청난 검은 연기가 뭉게뭉게 하늘 높이 피어오르고 있는 것이 보였다. 어느 틈엔가 포병부대의 군수품 제조시설이 폭발했다고 하는 소식이 들려왔다. 그 밖에도 고지마치(麴町), 구단(九段) 부근이나 간다(神)의 진보초(神保町) 부근이 계속해서 타오르고 있다는 이야기도 들려왔다.

순사 두 사람이 숨을 헐떡이며 급히 달려왔다. 모자의 턱끈을 매고, 허리에 찬 검을 꽉 붙든 채 굉장히 긴장하고 당황한 얼굴로 마치 쫓기기라도 하는 사람처럼 공터에 찾아왔다. 땀투성이인 얼굴을 제대로 닦지도 못하고 사방을 두리번두리번 살펴보며 둘 중 한 사람이 말했다.

"아, 여기 좋네. 여기에 있으면 지진이 일어나도 괜찮겠어. 여기는 몇 번지지?"

하며 혼잣말인지 무엇인지 알 수 없는 소리로 우리들을 향해 크게 외쳤다. 그리고는 더욱 큰 소리로,

"4시부터 6시 사이에 강한 지진이 올 거라고 합니다. 진원지는 에도가와(江戸川) 연안이고, 간토지방 일대에 큰 피해를 입혔다고

합니다. 그리고 화재를 주의해 주세요. 지금 여기저기서 큰 불이 발생하고 있습니다. 우리들은 그 쪽에 가봐야 하기 때문에 이쪽은 보러 올 수가 없으니까.."

그렇게 외치듯 말한 뒤 돌아갔다.

"그 화재는 어디서 났습니까?"

나는 뒤를 쫓아가 남쪽 하늘에 퍼져있는 검은 연기를 가리키며 물었다.

"사관학교 쪽입니다."

"사관학교! 그거 큰일이네!"

모두 갑자기 소란스러워지기 시작했다.

그곳까지는 직경 7,8정(町)[1] 정도 떨어져 있기 때문에 평소 같았다면 어딘가에서 불이 났나보지 하는 식으로 전혀 무관심했을 것이나, 지금은 수도가 끊어지고 바람이 강해서 손 써볼 도리가 없는 상황인지라 어떤 일이 생길지도 모른다는 굉장한 불안과 공포에 휩싸였다.

벌써 사관학교 주변을 넘어 가가(加賀)까지 옮겨 붙었다거나 야쿠오지(薬王寺)까지 도달했다거나 하는 엉터리 같은 상상을 주고받으며 무서워 벌벌 떠는 사람들도 많았다. 그리고 모두 일단 도망쳐 나온 이상, 지진이 두려워 집으로는 돌아가지 못했으나 그

---

1) 1정(町)이 약 0.1km이므로 0.7~0.8km 정도의 거리를 가리킨다.

렇다고 그대로 있는 것도 견디기 힘든 모양이었다. 공연히 와글 와글 거리며 갈팡질팡 소란스러울 뿐이었다. 나는 만일의 경우 와세다(早稲田) 방면이나 도야마(戸山)의 벌판으로 피난가기로 마음먹고는 아이들이 갈아입을 옷 정도라도 한 묶음 가져갈 수 있도록 챙겨 오라고 아내에게 말했다. 아내는 숙부와 함께 집에 돌아가 잠시 뒤 작은 보자기와 모포를 들고 왔다. 어른들 것도 뭔가 챙겨오느냐고 묻기에,

"필요 없어! 아이들 것만 있으면 충분해. 그 밖의 것들은 오히려 방해가 될 테니까. 어떻게 해서든 아이들만 데리고 도망칠 수 있으면 그 걸로 됐어. 숙부님과 부리는 아이까지 해서 우리 네 사람이 아이들 중 누구라도 좋으니까 하나씩 데리고 도망치는 거야."

하고 일러줬다.

그 때 갑자기 바람의 방향이 반대로 바뀌었다. 동시에 사관학교의 화재가 잦아들어 검은 연기가 희미해졌다. 나는 안심했다. 그리고는 나도 모르게 큰 소리로 외쳤다.

"괜찮아! 사관학교의 불길이 꺼졌다!"

관청이나 회사에 나가 근무 중이던 사람들이 시내 쪽에서 속속 돌아왔다. 그리고 공터에서 피난중인 가족들과 서로 무사한 것을 보고 기쁨을 나눴다. 점점 남자들 수가 늘어났기 때문에 나까지도 마음이 든든해졌다. 그들은 저마다 자신들이 겪은 재난

이야기나 도중에 목격하고 온 참사, 화재에 대해 이야기했다.

경시청이 불탔다, 히비야(日比谷)의 마쓰모토로(松本楼)[2])가 불탔다, 마루노우치(丸の内) 빌딩이나 가이조(海上) 빌딩이 파손되었다, 많은 사상자가 발생했다, 건축 중인 나이가이(内外) 빌딩이 무너져 7,80명이 참사를 당했다, 제국극장이나 도쿄회관도 위험하다, 그밖에 마루노우치(丸の内)의 큰 건축물들은 모두 무너지거나 파손되거나 했다, 긴자 쪽에 불이 났다, 니혼바시(日本橋)에도 시모야(下谷)에도, 아사쿠사에도, 혼조에도, 후카가와에도, 저마다 여기저기 큰불이 나있다, 간다의 진보초 방면은 이미 전소(全焼)되었다, 구단 쪽의 화재도 심각하다, 오차노미즈(お茶の水)나 혼고(本郷) 쪽도 불타고 있다, 시내 쪽에 무사한 집은 한 채도 없다, 우시고메(牛込)에 가봤더니 그 주변에도 지진이 있었는가 싶을 만큼 조용하고 무사해서 놀랐다, 가구라자카(神楽坂)의 오와리(尾張) 은행이 무너져서 경찰이 분주했다, 야나기초(柳町)의 국민은행이 무너져서 그 아래의 과일가게나 축음기 가게가 깔려버렸다, 등등. 그런 식의 겁나는 소식들이 연이어 전해졌다.

얼마쯤 수그러든 늦더위의 열기가 초목 무성한 공터를 태우기라도 하려는 듯 쨍쨍 내리쬐었다. 하늘은 높고 맑았으며 한 점의 구름도 없이 투명했다. 마음 탓인지, 많은 숫자의 잠자리 무리가

---

2) 1903년, 도쿄가 현재의 히비야 공원을 개원할 즈음 문을 연 서양식 레스토랑. 당시로서는 드문 서양식 레스토랑이었던 탓에 인기가 많고 유명했다.

날아다니는 것도 천재지변의 습격을 예고하는 것만 같아 평소와는 달리 기분 나쁘게 느껴졌다.

저녁이 가까워지자 일단 난장판인 집 안을 정리하고는, 이제 괜찮겠지 싶어 이대로 있을까 하는 이야기도 했지만 그런 이야기를 하는 동안에도 여진이 발생했고 더구나 한밤중에는 강한 지진이 덮쳐올지도 모른다는 경보가 있었기에 아무래도 불안해서 집에 있고 싶지 않았다.

특히 아이들이 여러 명이라 무엇보다도 그 아이들의 일이 걱정되어 견딜 수가 없었다. 아내는 비교적 차분하고 냉정하게 집에 머물 것을 주장했으나 나는 겁내며 집에서 자는 것보다 공터에서 노숙하는 편이 훨씬 안전하고 무사할 것이라고 말한 뒤 내 말에 따르게 했다. 그리고는 서둘러 주먹밥을 만들거나 우리 물건들도 몇 개 챙긴 뒤 다시 공터로 향했다. 근처 사람들도 집에 넓은 정원을 갖고 있는 것이 아닌 이상 모두 그 공터에 모여 노숙을 하고 있었기 때문에 나는 한층 더 든든했다.

그 공터에 있으면 지진으로부터는 안전했다. 어쩌면 처음에 일어났던 것 같은 강한 지진이 또 발생할지도 모르지만 만약 그렇다 하더라도 땅이 갈라져 우리가 함몰되는 일 같은 것이 벌어지지 않는 이상 이곳은 절대적으로 안전할 것이라 생각했다.

"정말 좋은 공터가 남아 있어줬어요. 여기에 북적북적하게 작은 집 같은 것들이 들어서 있었으면 도망칠 곳이 없었을텐데.. 고마운 일이에요."

　많은 이들이 이런 말들을 주고받았다.

　다만, 화재가 걱정이었다. 사관학교의 화재가 진화되어 지금은 우시고메 쪽에 화재 발생한 곳이 한 군데도 없어 굉장히 안심이 되었고 감사한 마음이 들었지만, 이렇게 혼잡한 상황에서는 어디에서 어떻게 또 불이 날는지 아무도 몰랐기에 불안한 마음이었다. 적어도 이 근처에서는 부디 불이 나지 않기를, 나는 그것만을 기도했다.

　날이 저물었다. 동쪽에서 북쪽에 걸친 하늘 반쪽이 빨간색으로 물들었고, 엄청난 큰 연기가 우리들 머리 위까지 높이 치솟아 덮였다. 멀리서 울리는 천둥소리 같은 울림이 끊임없이 들려왔다. 포병부대의 군수품 제조시설에서 화약이 폭발한 게 아니냐고 모두 수군거렸다. 현장을 보고 온 사람이나 현장에서 도망쳐 온 사람들은 누구나 시내 쪽이 전부 불바다가 되어있다는 등 그 광경을 저마다 떠들어댔다.

　아사쿠사의 12층탑3)이 넘어졌다, 무수히 많은 사상자를 냈다, 준텐도(順天堂)를 비롯해 스루가다이(駿河台)의 대학병원들이 불에 탔는데 그 수많은 환자들은 어떻게 되었을까, 제국대학이 불타고 있다, 미쓰코시(三越)4)나 시로기야(白木屋)5) 등도 위험하다, 포병

부대 쪽 시설 폭발로 목이나 가슴이 여기저기 흩어진 채 검게 탄 시체가 무수히 하늘에서 쏟아져 내렸다든가 하는 식의 무섭고 엄청난 이야기들뿐이었다. 나는 가구라자카 부근까지라도 상황을 보러 다녀오고 싶은 생각이 들었으나 뒷일이 걱정되어 한 발짝도 아이들 곁을 떠날 수가 없었다.

밤이 깊어짐에 따라 한층 처참함이 더해졌다. 바람은 여전히 강했고 서쪽 하늘에서는 별이 쏟아질 것처럼 빛났다. 은하수가 흐르는 것이 보였다. 반면 다른 쪽 하늘에서는 화염의 그림자가 넓고 짙고 깊었으며, 굉음이 울리는 것 같은 소리도 점점 한층 강하게 들렸다.

짙은 어두움에 잠긴 공터에서는 나무 아래에다 돗자리나 덧문을 깔고 20여 가구의 가족들이 서로 이웃하고 마주한 채 눕거나, 웅크리거나 공포에 떨며 소곤소곤 이야기를 나누거나 하고 있었다. 그 광경을 몇 개의 가느다란 촛불이 어른어른 깜박이며 어렴풋이 비추고 있는 모습은 아련하고 불안해 보였다. 푸념하는 듯한 벌레 소리가 한층 더 주위를 쓸쓸하게 만들었다.

가끔 땅에 진동이 일 때면 자고 있던 사람들이 벌떡 잠에서 깨어나고, 앉아있던 사람들이 튀어 오르듯 일어나는 상황이 몇 번이나 반복되었다. 다만 아이들만큼은 아무것도 모른 채 방울져

---

4) 일본 최초의 백화점인 미쓰코시 백화점.
5) 도쿄 니혼바시에 있는 도큐(東急) 백화점의 전신(前身) 백화점.

떨어지는 밤이슬을 맞으며 새근새근 잠들어 있었다. 그 모습이 눈물겹게 애처로웠다. 나는 몇 번이고 네 아이들의 얼굴에 모자를 덮어 씌워주거나 우산을 고쳐 씌워주거나 했다.

2시쯤 화재를 보러 갔던 아내의 숙부가 돌아와서 하는 말이 우시고메 성벽에서 이치가야(市ヶ谷) 성벽에 걸친 고지마치 언덕의 큰 불이 지금도 성벽 위 제방을 뚫고 나오려는 기세라, 그 불이 해자를 넘어 우시고메 방면으로 옮겨 붙는 게 아닐까 걱정하여 피난 준비를 하는 사람이나 고지마치에서 도망쳐 온 사람들로 가구라자카 부근은 극도의 혼란에 빠져 있다고 했다.

그 이야기도 우리들을 매우 놀라게 했다. 설마하니 그 넓은 해자를 넘을 줄이야. 억지로 마음을 진정시키려 해봤지만 물은 한 방울도 없고 대부분의 집은 지붕의 기와가 떨어져 벗겨진 채로 있는 데다 연일 이어지는 더위로 극히 건조해져 있는 가운데 만일 어딘가의 지붕에 불씨라도 옮겨 붙는다고 한다면 그건 정말 큰일이라는 생각이 들었다. 거센 불길이 날름거리며 이 부근까지 집어 삼키고자 다가오고 있는 것은 분명해 보였다.

나는 그럴 경우를 상상하며, 새근새근 잠들어 있는 아이들을 어떻게 데리고 도망칠 것인가 하는 것만을 생각했다. 도야마의 벌판으로 도망가는 것이 가장 안전할 것이라는 생각과 함께 어떻게든 그 방향에 화재가 일어나지 않기만을 바라며 계속해서 뒤를 돌아다보았다.

한밤중인 새벽 2시를 지난 때라 역시나 주위는 고요히 잠들어 있었다. 공터의 입구 쪽에서 낯선 이야기 소리가 들렸다. 근처에 사는 사람으로, 오이소(大磯)에서 급히 도쿄로 돌아왔다고 했다. 나는 옆에 가서 그 사람의 이야기를 들었다. 그 사람은 전날 볼일이 있어 오이소에 갔었는데 점심에 격한 흔들림이 일어났을 때 도쿄에 있는 자택이 걱정되어 바로 도쿄로 돌아오려고 했으나 열차가 없었다. 겨우 자전거 한 대를 사서 10시간을 쉼 없이 달려 도쿄까지 급히 돌아왔는데 도중에 목격한 재해의 참상은 도쿄의 그것에 비할 바가 아니라고 이야기했다.

돌아오는 길에는 무너지지 않은 집이 없었고, 도로에는 큰 균열이 생겼으며, 열차는 전복되었고, 철교는 파괴되었다. 화재가 도처에서 발생, 무수한 사상자들이 만들어 낸 아비규환 속을 정신없이 도망쳐 나온 기분은 정말이지 말로 다 할 수 없다고 했다. 특히 오이소 요코하마 구간이 가장 심해서, 요코하마는 거의 전멸이라고 하는 이야기도 했다.

"가마쿠라(鎌倉) 부근은 어떻습니까?"

내가 물었다.

그러자 그는

"물론 그 주변도 전멸이죠. 쇼난(湘南) 지방 일대는 아주 심각한 것 같아요. 오이소에서도 히라쓰카(平塚)에서도 후지사와(藤沢)에서도 오후네(大船)에서도 도쓰카(戸塚)에서도 무너지지 않은 집은 거의 한 채도 없어요. 특히 쓰나미가 덮쳐 와서 해안 쪽은 더구나 피해를 면하지 못했어요."

하고 답했다.

나는 오이소의 마사무네(正宗) 씨6)나, 아마도 가마쿠라에 가 있을 구메(久米) 씨7), 다나카(田中) 씨, 가사이(葛西) 씨8), 즈시(逗)에 있는 사토미(里見) 씨, 쓰지도(辻堂)의 나카무라 무라오(中村武羅) 씨9) 등 문단의 벗들, 그 밖에 쇼난 지방에 살고 있거나 피서를 가있는 몇몇 지인 및 그들의 가족들이 어떻게 되었을지 새로이 신경 쓰이기 시작했다.

그리고 오다와라 하코네(箱根) 부근도 마찬가지로 피해를 입은 것 같다는 이야기를 듣고는, 가족들을 데리고 10일 정도 하코네에 다녀온 지 불과 며칠 되지 않은 것을 떠올리며 우리의 행운을 기뻐했다. 불안했던 하룻밤이 밝았다.

"뭐, 이렇든 저렇든 서로가 무사하게 하룻밤을 보냈습니다만 아무쪼록 이대로 아무 일 없이 끝났으면 좋겠네요."

우리들은 이렇게 불안한 중에도 어쨌든 하룻밤을 무사히 넘긴 것을 서로 축하했다.

---

6) 마사무네 하쿠초(正宗白鳥, 1879-1962). 소설가, 극작가, 평론가.
7) 구메 마사오(久米正雄, 1891-1952), 소설가, 극작가, 하이쿠(俳句) 시인.
8) 가사이 젠조(葛西善藏, 1887-1928), 사소설 작가.
9) 나카무라 무라오(1886-1949), 평론가, 소설가, 저널리스트.

돌아보자 시내 방면의 아침 하늘에는 한쪽에 뭉게뭉게 큰 연기가 솟아올라 흡사 저녁노을에 물든 장엄한 한여름의 구름을 보는 것 같았다. 잠시 후 우리들은 교바시(京橋)도 니혼바시(日本橋)도 간다도 아사쿠사도 혼조후카가와도 어제 하룻밤 만에 그 대부분이 소실되어 지금은 전 시내가 전멸하는 대참사를 면하기 어려운 상황이 되었다는 놀랍고 두려운 소식을 들었다.

또한 이어서 그 화재는 불령한 XX의 집단10)이 이 기회를 틈타 무서운 계획을 수행하고자 어떤 행동을 취한 결과로, 그렇기 때문에 이 천재지변이 초래한 참사를 한층 키운 것이라고 하는 얘기도 어느 틈엔가 전해졌다.

그리고 그에 대한 경계를 각자 한층 엄격히 해야만 한다고 하는 취지가 대중들에게 전달되었다. 하룻밤의 무사함을 기뻐한 우리들은 한층 심각한 불안과 공포를 느끼지 않을 수 없었다.

(「문장구락부(文章倶楽部)」 1923.10)

---

10) 간토대지진 발생 당시, 우물에 독을 풀거나 방화를 저지른다는 확인되지 않은 소문에 휘말려 대량 학살당했던 조선인들을 가리킨다.

1923년을 보내고 1924년을 맞이하며

나가타 히데오(長田秀雄)

1885-1949. 시인이자 극작가, 소설가. 메이지(明治)대학 출신으로 시가를 중심으로 하는 월간 문예지인 『묘조(明星)』의 주요 시인으로서 기타하라 하쿠슈(北原白秋) 등과 함께 활동하였다. 이후 극작가, 소설가로서도 폭넓은 활동을 하며, 가부키(歌舞伎)극의 수많은 사극(史劇)을 집필하였다.

"꿈이 현실인가, 현실이 꿈인가……"라고, 내가 애호하는 『쓰보사카레이겐키(壺坂霊験記)』[11]의 모두부에 있는 말인데 실제 우리들은 이 1923년을 보내고 흡사 지나간 순간의 악몽과 같은 인상을 받았다.

생각하면 올해만큼 어수선하게 지나간 해는 없다. 노인들은 해를 거듭함에 따라서 일 년이 짧게 느껴진다고 자주 말한다. 우리들의 경우에도 아직 세상의 실제를 알지 못했던 어린아이 무렵에 설날을 몹시도 기다리던 일을 생각하면 요즘 빠르게 흘러가는 세

---

11) 어느 맹인부부의 사랑을 묘사한 메이지(明治)시대에 창작된 조루리(浄瑠璃)의 상연 목록.

월에 놀라움을 느낀다. 그렇지만 그렇다고 치더라도 올해만큼 빠르게 지나간 해는 드물 것이다.

지금 되돌아보면 1년 365일이 겨우 일순간 사이에 지나가 버린 것 같은 느낌이 든다. 즉, 그 일순간이란 저 대지진 때의 일이다.

이미 지나간 대지진을 지금 재차 생각해 내는 것은 나로서도 견디기 어려운 기분이기는 하지만, 이 1923년이라는 해가 저 대지진에 의해서만 기념되고 있는 이상, 1923년을 말하자면 자연히 대지진에 닿게 될 수밖에 없다.

이 이상 없이 정확할 것 같으면서도 실은 매우 부정확한 것이 우리들의 기억이다. 자세히 생각해 보면 올해 초두부터 다양한 사건이 있었음에 틀림없지만, 일의 대소를 가리지 않고 모든 사건들이 모두 저 대지진에 흡수되어 버려서 우리들의 뇌리에는 조금도 그 모습을 남기고 있지 않은 것이다.

단 하나, 올해 초두의 일로 지금도 선명하게 내 마음 속에 남아 있는 일이 있다. 무슨 신문이었는지 확실히 기억하지 못하지만, 미국의 전보를 빌려서 올해는 베링해협을 지나는 한류의 위치가 변화하고 있는 것 같기 때문에, 일본 북부에 기근이 덮칠 거라고 지적하는 학자의 말을 전한 적이 있었다. 그로부터 한 달이나 지나고 나서였는지 신슈(信州)의 스와코(諏訪湖)[12] 호수 표면

---

12) 나가노현(長野県)에 있는 531.8 평방킬로미터의 유역면적을 가지는 거대 호수인데, 1922년에는 일본 최초의 피겨스케이트 대회가 여기에서 개최되었다.

이 예년이라면 전부 얼어버렸는데 올해는 중앙부에 결빙하지 않은 부분이 있다. 그 지역의 고로(故老)들은 스와코 호수가 얼지 않았을 때는 무엇인가 흉변이 있다며 두려워하고 있다는 사실이 역시 무슨 신문에선가 기사화되었다.

원래 재작년 무렵부터 지진이 연이어 일어나거나 비가 너무 많이 내리거나 혹한, 혹서가 덮쳐오거나 해서 우리 일본의 기후는 도무지 순조롭지 않았던 것 같다-나는 이 신문기사들을 보고 자칫하면 무엇인가 천재지변이 있지 않을까라는 공포를 마음속으로 몰래 품고 있었던 것이다.

그러나 대지진이 오리라고는 생각하지 않았다. 만약 찾아온다면 대기근일거라고 상상하고 있었다.-그런데 돌연 대지진이 지나가며 제도(帝都)를 한 조각의 초토(焦土)로 만들어 버린 것이다. 정말로 헤아릴 수 없는 하늘의 명운이 아닌가.

혼도 사라질 만큼의 불안, 공포로 시달렸던 여러 날들은 지금 내 마음에 역력히 남아 있다-이렇게 하여 우리들은 가까스로 사람다운 기분을 회복하였다.

세모가 가까워져 옴과 더불어 세상은 점차 안정되어 왔다. 그리고 대도쿄(大東京)의 구역은 구석구석 못을 때리는 쨍강쨍강하는 소리, 나무판자를 켜는 톱질 소리로 가득 차있다.

지금, 따뜻한 남쪽 창문아래에 책상을 차려놓고 조용히 묵상하고 있으면 겨울의 햇빛 속에 북적이는 도쿄 조영(造營)의 울림이 꿈처럼 들린다. 그 소리를 들고 있으면 내 마음은 저절로 온화해진다.

그렇지만 저 처참한 대지진의 인상이 우리들 마음으로부터 사라져 버린 것은 아니다. 대지진, 대화재, 조선인 학살과 서로 연이어 나타난 천변(天變)과 인심의 혹란(惑乱)은 역사상 드문 일이다―이제 와서 생각하면 저 지진 후 밤하늘은 괴이하게 활짝 개고 중추의 큰 달이 이상하게 새파래진 빛을 발하고 있을 때 여기저기서 일어나는 총성을 들으며 가로 위에서 야숙(野宿)을 하던 기분은 전율(戰慄) 없이는 아무리해도 마음에 떠오르지 않는다. ―특히 전시가지를 불태운 화염 빛이 하늘 한쪽에 모인 괴기한 구름에 소리도 없이 비취고 있었던 광경은 우리들의 혼에 새겨져 오점처럼 남아 있다.

1923년은 이렇게 하여 대흉(大凶) 속에서 지나간다. 우리들은 다행히 생명도 재산도 완수할 수 있었던 것이다 그리고 새롭게 오는 1924년을 맞이하려고 한다.

이 무렵 나는 등불 아래에 앉아서 막부 말 유신13)의 역사를 읽고 있다. 뜻밖에도 나는 안세이(安政) 연간의 대지진14)에 대해 상세하게 알 수 있었다.

---

13) 1867년의 메이지유신을 가리킨다.
14) 에도(江戸)시대 후기인 1850년대, 안세이(安政) 연간에 일본 각지역에서 연이어 일어난 대지진을 가리킨다. 1854 안세이도카이(安政東海)지진, 이가우에노(伊賀上野)지진, 1855년 안세이에도(安政江戸)지진, 안세이난카이(安政南海)지진, 1856년 안세이하치노헤오키(安政八戸沖)지진, 1858년 히에쓰(飛越)지진 등이 이에 해당한다.

안세이의 지진은 도쿄를 파괴한 측면에서는 이번 보다 훨씬 컸던 것 같지만 화재는 그다지 없었다.

내가 이번에 일어난 대지진과 비교하여 흥미를 느끼는 점은 지진 전후의 시세(時世)에 대해서이다.

안세이의 대지진 당시는 마침 구로부네(黑船)15)가 극동에 동떨어져 서양문화를 알지 못했던 일본에 나타나 천하를 놀라게 했던 때이다. 존왕양이(尊王攘夷)16)와 사바쿠(佐幕)17)의 논의로 세상 전체가 몰두했던 때이다.

쿠테타와 암살이 교토(京都)와 에도(江戶)18)를 전율시켰다. 구로부네와 외국인은 흉화(凶禍)를 가져올 금수와 같이 혐오하고 두려워하는 대상이었던 것이다.

이번 대지진에 즈음하여 러시아에서 일부러 구제(救濟)의 재료를 싣고 온 레닌호를 쫓아보낸 일도 생각난다.

---

15) 일반적으로 에도시대에 출몰한 대형 서양식 배를 말하는데 좁게는 1853년 7월 우라가(浦賀)에 내항한 미국의 페리장군이 이끄는 미 해군 동인도 함대를 가리킨다.

16) 임금을 숭상하고 오랑캐를 물리친다는 동아시아의 사상인데, 에도(江戶)시대 말기 미토학(水戶学)과 국학(国学)의 영향을 받고 외국세력과 타협하려는 에도막부를 타도하고 천황을 정치 일선에 복귀시켜야 한다는 메이지유신의 중요한 정치적 슬로건이었다.

17) 에도막부 말기에 서양세력과 맺은 불평등조약에 불만이 비등하여, 존왕양이운동이 활발하게 전개되는 시대적 분위기 속에서 막부를 편들어 도와야 한다는 생각이나 그 당파를 가리킨다.

18) 에도는 도쿄의 옛 명칭으로 도쿠가와(德川) 막부가 있었던 지역이다. 도쿄로 이름이 바뀐 것은 1868년이고 이 다음 해에 일본의 수도가 교토(京都)에서 도쿄로 바뀌었다.

오스기 사카에(大杉栄)19)씨, 히라자와 게이시치(平沢計七)20)씨 등의 횡사, 아마카스 마사히코(甘粕正彦)대위21)의 심사 등은, 흥미 깊게도 당시의 막부의 관료, 지사(志士)22)의 행동과 비교된다. 이렇게 하여 암담한 공기 속에서 시대의 힘은 어쨌든 모든 반항을 밀어 부수고 왕정 유신의 세상을 열었던 것이다.

우리들은 1924년을 새롭게 맞이하는 데 즈음하여 봉건시대를 밀어 부순 시대의 힘을 통절히 생각하게 된다. 물론, 이번의 대지진과 안세이의 대지진이 시대의 급격한 추이와 직접적인 관계가 없을지도 모른다. 그렇지만 고래의 역사를 생각하면, 대지진, 대기근과 같은 천재지변 전후에 민심의 각성이 수반되어 일어나는 일이 많았다.

---

19) 메이지(明治)·다이쇼(大正) 시대에 일본의 대표적인 아나키스트인 오스기 사카에(大杉栄, 1885-1923)는 간토대지진 직후인 1923년 9월 16일 작가인 이토 노에(伊藤野枝)와 더불어 헌병대에 연행되어 헌병대사령부에서 살해를 당하였다. 이 아마카스(甘粕) 사건은 간토대지진 직후 재난의 혼란 속에서 가메이도(亀戸)사건과 더불어 계엄령 하에서 자행된 대표적인 불법탄압사건이다.

20) 사회주의자이자 노동쟁의 등으로 불온시 되었던 히라사와 게이시치(平沢計七, 1889-1923) 등 10명이 간토대지진의 혼란 속에서 가메이도(亀戸) 경찰서에 체포되어 사살되었다. 이 가메이도사건은 아마카스 사관과 더불어 간토대지진 이후 자행된 대표적인 불법탄압사건이다.

21) 간토대지진 이후 혼란상황에서 무정부주의자인 오스기 사카에를 불법으로 체포, 구금, 살해한 육군헌병대위 아마카스 마사히코(甘粕正彦, 1891-1945)를 가리킨다. 이 사건은 그의 이름을 따 아마카스사건이라고 부르는데 그는 짧은 기간만 복역하고 출소하여, 만주로 건너가 만주의 관동군(関東軍)에 관계하면서 만주국 건설에 일익을 담당하였다. 일본 패전 직후 음독자살하였다.

22) 일반적으로 일본에서는 메이지유신 이전에 막부를 타도하고자 하는 존왕파(尊王派)의 편에 서서 활약한 무사들을 가리킨다.

지금까지 우리들은 감정상으로는 현재의 사회, 도회(都会)의 현세 등을 자신도 모르게 영원한 모습으로 굳게 믿고 있었다. 대지진이나 대기근 정도로 사회의 조직이 이러한 식으로 흐트러질 거라고는 조금도 생각하지 않았던 것이다. 또한 도쿄에 저런 역사에도 없을 것 같은 대화재가 이렇게 방화시설이 정비된 다이쇼(大正)의 오늘날 일어나리라고는 꿈에도 생각하지 못하고 있었다.

　그런데 돌연 우리들의 신념은 뒤집혔다. 아름다운 여성의 웃는 얼굴이 순식간에 뼈만 남은 해골로 변해 버린 듯한 느낌이 들었다.

　인생의 악몽에 시달린 우리들은 섬뜩해져 아무런 하는 일도 없이 단지 그 자리에 못박혀 버렸다.―인생의 의식이 전율하고 있는 동안에 변해 버린 것이다.

　인간은 어떠한 재난을 만나더라도 결코 희망과 공상을 잃지 않는 존재이다. 새롭게 도래하는 1924년을 맞이하는 데 즈음하여 나는 역시 이런 사실을 깊게 느끼고 있다.

　나의 희망과 공상 속에 나타난 1924년은 이 대지진에 의해 완전히 파괴되어 버린 과거의 인습인, 메이지 이래의 번역(飜訳)적 문화로부터 벗어나서 민족의 독창을 중시한 문화가 발생할 것이라는 점이다.

　우리들이 밟고 있는 대지에는 감미로운 야채와 아름다운 식물이 번성하고 있다. 흙에 맞는 것은 모두 살아 있는 것이다.

04

진재 후 잡감(災後雜感)

기쿠치 간(菊池寬)

1888-1948. 소설가이자 극작가, 저널리스트. 1916년 교토(京都)대학 졸업 후, 시사신보(時事新報) 기자를 거쳐 소설가가 되었는데 1923년에는 잡지 『문예춘추(文藝春秋)』를 창간하여 문예춘추사는 큰 성공을 거두었다. 일본문예가협회(日本文藝家協会)를 설립하고 아쿠타가와상(芥川賞), 나오키상(直木賞) 등을 설립하였으나, 태평양전쟁기에는 문예총후(文芸銃後)운동을 제안하여 국책에 협력하였으나 이로 인해 일본 패전 후에는 공직추방 대상이 되었다.

진재는 결과적으로 하나의 사회혁명이었다. 재산과 지위, 전통이 엉망진창이 되고 실력본위의 세상이 되었다. 진실로 일할 수 있는 자의 세상이 되었다. 그것은 일시적이고 부분적이지만 진재(震災)의 엄청난 결과 안에서는 단 하나의 바람직한 효과이다.

위정자도 민중도 이 교훈을 잊지 않는다면 도래해야 할 사회혁명의 참해(慘害)를 피하는 것이 어쩌면 가능할지도 모른다고 생각한다.

×

우리들 문예가에게 있어서 제일의 타격은 문예라고 하는 것이 생사존망의 갈림길에서는 골동 서화(書畵) 따위와 마찬가지로 무용의 사치품임을 똑똑히 알았다는 점이다. 전부터 그런 사실을 알고는 있었지만 그것이 뚜렷하게 입증되었다는 점은 슬픈 일이었다.

×

이번 진재에서는 인생에서 무엇이 가장 필요한가라는 점을 새삼스레 알았다. 생사의 갈림길에서 오로지 침식(寢食) 외에 필요한 것은 없다. 먹는 것과 자는 것이다. 사사키 모사쿠(佐々木茂)[23]가 농담 삼아 말하기를 '먹고 자는' 파(派)의 문학을 일으키자고 했다. 지진 후 4,5일 우리들은 먹는 것, 자는 것 외에는 아무것도 생각하지 않았다. '빵만으로 살 수 없다'라는 말 따위는 무사한 날의 사치이다.

모든 장사 중에서도 인생에 가장 필요한 것만 남았다. 음식 가게뿐이다. 오복점[24]이나 게다(下駄) 가게조차 용이하게 가게를 열지 않았다. 미술 장신구나 사진가게, 골동품 가게 등은 당분간 파멸하지 않을 수밖에 없을 것이다. 집 근처의 악기점에서는 된장을 팔고 있었다. 예술의 비애이다.

---

23) 1894-1966. 소설가 및 출판사 편집자로 문예춘추신사(文芸春秋新社) 사장을 역임. 1919년에 『신소설(新小說)』에 「할아버지와 할머니의 이야기(おじいさんとおばあさんの話)」를 발표하여 등단하였다. 1930년을 마지막으로 절필하고 문예춘추의 간부로서 활동하다, 1935년에 기쿠치 간(菊池寛)과 더불어 아쿠타가와 류노스케상(芥川竜之介賞), 나오키상(直木賞)을 만들었다.
24) 옷가게.

×

물론, 이러한 침식(寢食)만의 인생이 삶의 전부는 아닐 것이다. 그렇지만 그것은 확실하게 인생의 궁극적인 모습이다. 궁극적인 인생에 예술이 무용지물이라는 점은 우리들에게 있어서는 상당히 불유쾌한 진실이다. 우리들의 일에 대해서 신념을 잃은 것이 제일 큰 피해이다.

×

나는 이전에 노동하는 것을 생각해 보았다. 나와 같은 신체로는 도저히 근육노동은 가능하지 않다. 이발과 같은 일이라면 가능하다고 생각했다. 그리고 이발이라고 하는 직업은 어떠한 세상이 와도 요구되는 일이라고 생각하였다. 진재 이후 이발소가 첫 번째로 가게를 연 것을 보고 나는 내 선견지명이 맞았음을 알고 웃음이 났다.

×

그렇지만 어쨌든 자신이 먹을 것 만큼은 스스로 만드는 것이 가장 중요한 일이라는 점을 충분히 알았다. 자신이 먹을 것을 스스로 만드는 것은 가장 강한 인간이라고 생각하였다. 그런 의미에서 인생에서 가장 좋은, 가장 강한 자는 농민이다. 나는 새삼스럽지만 무샤노코지(武者小路)씨25)의 생활을 생각하지 않을 수 없었다.

---

25) 1885-1976. 소설가이자 시인, 극작가, 화가.
귀족출신으로 가쿠슈인(学習院)대학을 나와 1910년 시가 나오야(志賀直哉), 아리

×

　이번의 진재에 의해 문예가 쇠퇴하리라는 점은 틀림이 없을 것이다. 우리들이 문예에 대한 자신감을 잃어버린 것도 하나의 원인이 될 것이다. 게다가, 문예에 대한 수요가 격감할 것이다. 진재 이후, 서점은 오랫동안 가게를 닫아버렸다. 인쇄능력의 감소도 커다란 원인이다. 잡지의 감소도 그 하나이다. 양적인 면에서 문예의 황금시대가 지나갔다고 말해도 좋을 것이다.

×

　소설은 아직 괜찮다. 붓과 원고지만 있으면 얼마든 좋은 것을 쓸 수 있다. 더욱 비참한 것은 희곡이다. 극장 없이 희곡을 쓴다고 하는 일은 아무리 창작 본능이 강한 사람에게 있어서도 의욕이 나지 않는 일임에 틀림없다. 모처럼 발흥한 일본의 극계(劇界)도 앞으로 4,5년의 좌절은 피할 수 없을 것이다.

×

　진재에 의해 작가의 주관이 심화되고 그로 인해 문예가 심각해질 것이라고 말하는 사람들이 있다. 어쩌면 틀리지 않은 말일 수도 있다. 그러나 그것은 작가본위의 관찰이다. 우리들은 무책임한 말을 써서는 안 된다는 생각이 든다. 그러나 그것은 작가측

시마 다케오(有島武郎) 등과 더불어 문학잡지 『시라카파(白樺)』를 창간하고 시라카바파의 사상적 지주가 된다. 한편, 그의 이상주의와 계급투쟁이 없는 사회를 위한 작업으로서 1918년 미야기현(宮崎県)에 「새마을(新しき村)」을 건설하여 직접 농업 관련 작업을 하면서 문필활동을 계속하였다.

의 생각이다. 수요자측이 요구하는 문예는 그렇지 않을 것이다. 반드시 오락본위의 통속적인 문예가 유행할 것이다. 독자는 심각한 현실로부터 벗어나려고 오락본위적인 문예로 달릴 것이라고 생각한다. 그런 의미에서라도 문예의 쇠퇴는 찾아온다.

×

문예계의 쇠퇴가 찾아와도 우리와 같은 자들은 포기하고 단념해야 될 때라고 생각하고 가만히 전원으로 떠나지만 불쌍한 것은 신진작가이다. 프롤레타리아 작가도 부르주아 작가도 있었던 것은 아니다. 은인자복(隱忍雌伏)하여 실력을 키우고 새로운 기운이 도래하기를 기다리는 것 외에는 없다고 생각한다.

×

나 같은 사람도 지진의 피해는 매우 가벼웠다. 흔들리기 시작하자 곧바로 마당에 뛰어내려 왔다. 단지 최초의 지진이 다소 잠잠해지기를 기다리다 니혼바시(日本橋)에 있는 친척 집을 문안하였다. 돌아오는 길에 만세이바시(万世橋)로 나오려고 앞으로 나아가자 검은 연기가 자욱하게 뒤덮히고 있었다. 이래서는 안 되겠다고 생각하고 되돌아가자 미쓰코시(三越)의 뒤쪽이 불타고 있었다. 북쪽은 간다(神田)가 불타고 있었다. 다만 간다와 마루노우치(丸の内)26)의 연기 사이로 갑자기 파란 하늘이 보였다. 나는 그곳

---

26) 도쿄 치요다구의 지명인데 도쿄역이 위치해 있음

을 향해 앞으로 나갔다. 벌써 도로는 피난자와 짐수레로 붐비고 있었다. 청년회관과 간다바시(神田橋) 사이로 나오자 간다바시의 건너편이 불타고 있었다. 나는 가까스로 간다바시와 히토쓰바시(一ッ橋)[27] 사이의 강가로 나왔다. 피난자들이 도랑가에 짐을 쌓고 있는데다 무수한 짐마차와 짐수레가 지나고 있기 때문에 나는 두 번 세 번 움직일 수 없게 되었다. 불씨가 머리 위에 불똥이 튀어 앉았다. 장롱과 이불 사이에 있는 아이들은 울부짖고 있었다. 겨우 수레 사이를 빠져 나와 히토쓰바시를 건넜을 때 비로소 되살아났다는 생각이 들었다. 다음 날 간다바시와 히토쓰바시 사이에 사체가 넘쳐나고 있다는 이야기를 듣고 나는 섬뜩하였다. 이 삼십 분 더 늦었다면 나는 연기에 휘감겼을 것이라고 생각한다. 따라서 나는 타 죽은 사람의 경우를 잘 안다.

아직 괜찮아, 아직 괜찮아 라고 생각하다가 여기에 휘말려 죽은 사람들이 많이 있을 거라고 생각한다. 그런 의미에서 나도 생사의 갈림길에 한 발은 들어갔다고 생각한다.

×

단지 의외였던 점은 1일의 피난자들이 모두 활력이 있었다는 것이다. 의기소침하지 않았다. 생각건대 화재를 피한 사람들도 지진으로부터 오는 죽음을 피했다고 하는 기쁨이 있었을 거라고

---

27) 도쿄 치요다구의 지명인데 원래는 니혼바시가와(日本橋川) 강에 설치된 다리였으나 지금은 지명으로만 존재하며 이곳에 출판업계가 번창했다.

생각한다. 그와 동시에 지진을 피했다고 안심하던 방심으로 인해
타죽은 사람들이 대부분이라고 생각한다.

×

안세이(安政)의 지진28)과 메이레키(明曆)의 대화재29)를 책에서
읽고 그 아주 무참한 모습에, 백년 뒤 여전히 얼굴을 돌리지 않
을 수 없는데, 현대에 그 이상의 비참한 일을 볼 것이라고는 생
각도 하지 않았다.

메이레키의 대화재 당시 아사쿠사(浅草) 문이 닫혔기 때문에 수
천 명의 사람들이 포개어져 소실(燒失)했다는 기사를 읽었지만 피
복창의 참상과 같은 일은 그 이상이다. 그렇지만 인간은 강하다.
어떠한 현실에도 참을 수 있다.

×

××를 들고 암호를 사용하다는 것 따위는 다이쇼(大正) 시대에
있음직하지 않은 일이라고 생각하였지만 진재 이후 4,5일간은 나
도 ××를 손에 들고 암호를 사용하고 경계에 임했다. 그 암호는
'고마(駒)'라고 하면 '산(三)'이라고 대답하는 것이다. 우리 집의
가까이에 있는 '고마고메산교(駒込三業)조합'의 '고마(駒)'와 '산
(三)'이다. 게이샤(芸者)가게와 마치아이(待合)와 요리점의 '산교(三

---

28) 에도(江戸)시대 후기인 1850년대, 안세이(安政) 연간에 일본 각지역에서 연이어
일어난 대지진을 가리킨다.
29) 1657년 3월 2일부터 1657년 3월 4일까지 에도(江戸, 현 도쿄)의 대부분을 태운 대
화재였는데, 이 당시 연호가 메이레키였기 때문에 '메이레키의 대화재'라고 부른다.

조합'이 암호를 만드는 일은 아마 전무후무한 일일 것이다.

×

　이러한 재해를 당하여 가장 마음이 편한 것은 독신자이다. 내가 아는 사람인데 하숙이 불타버렸는데도 매일 매일 불탄 자리 구경으로 돌아다니고 있는 사람이 두세 명이나 있다. 딸린 식구가 많은 사람들일수록 이런 경우에는 괴롭다. 출가의 제일보가 은애(恩愛)의 인연을 끊는 데 있다는 것도 지당한 일이다.

×

　이 일항은 광고이다. 내가 경영하고 있었던 『문예춘추(文芸春秋)』도 9월호 제본중에 죄다 타 버렸다. 11월에 재간하기로 되었기 때문에 그때까지 기다려 주었으면 한다. 『문예춘추』의 독자제군에게 본지를 통해 알려 둔다.

×

　나도 2일의 밤, 연못 끝까지 불타 들어갔을 때, 날아오는 재와, 썰물처럼 고마고메바시(駒込橋) 방면으로 도망쳐 가는 피난민에게 쫓겨 결국 집을 버리고 아와사키(岩崎)의 해방지까지 도망쳐서 하룻밤을 지새웠다. For life를 위해 도망친다고 하는 것은 싫은 일이다. 특히 아이나 노인 등이 동반되면 참기 어렵다. 인생에서 어떻게든 두 번 다시 이런 좋지 않은 일을 겪고 싶지 않다고 생각하고 있다.

(『중앙공론(中央公論)』, 1923.10)

05

사상의 서광으로 밝아지려는 1924년

오가와 미메이(小川未明)

1882-1961. 소설가이자 아동문학작가. 일본의 안데르센, 일본아동문학의 아버지라고 불러질 정도로 하마다 히로스케(浜田広介), 쓰보다 조지(坪田讓治)와 더불어 일본아동문학의 대표적인 작가이다.

1923년은 '다이쇼(大正)대지진'에 의해 영원히 기억되겠지요.

그러한 의미 때문이 아니라, 나는 1923년이 우리들에게 있어서 더욱 의미 깊은 해였다고 생각합니다. 그것은 우리들의 진가를 진정으로 보여주었기 때문입니다.

우리들은 아마 지금까지 스스로를 진보한 인간이라고 생각하고 있었겠지요. 적어도 사실로 나타난, 인간보다는 진보한, 발달한 인간이라고 생각하고 있었음에 틀림없습니다. 사실로 나타난, 우리들 형제는 너무나도 야만스럽고 광폭(狂暴)하며 무반성적이고 일종의 혐오스런 느낌조차 들게 만들고 있기 때문입니다.

우리들은 서민을 마치 견마(犬馬)와 같이 보았던 과거의 무력 만능 시대를 결코 문화가 진보한 시대라고 생각할 수 없습니다.

가령 그 시대의 지고(至高)한 감격에 대한 희생적 정신과 같은 것은 실로 아름다웠음에 틀림이 없지만 동포를 보는 데 이와 같은 차별을 만들고 타인의 생명과 평화를 되돌아보지 않은 것은 확실히 야만이었다고 할 수 있기 때문입니다.

그 시대를 되돌아보고 오늘날을 보면 확실히 제도상으로 새로워진 것이 많았습니다. 그리고 문화는 촉진된 것처럼 보였습니다. 이와 같이 서구의 문명은 이식되었고, 또한 학교는 여러 곳에 수없이 건설되었고 이것을 보는 것만으로도 대략 물질문화의 일반을 알 수 있기 때문입니다.

우리들은 이와 같이 자신들의 사상도 도덕도 생활도 향상되었다고 믿어왔습니다. 그런데 이러한 문화의 난숙기에 즈음하여 이러한 대지진이 있었던 것입니다.

대지진의 결과는 무엇을 낳았을까요? 가지고 있는 물건은 모두 상실되었습니다. 장려(壯麗)한 거리도 창고 안에 간직하고 있었던 재산도 모든 형태상으로 나타난 것, 즉 대도쿄, 요코하마(横浜)의 물질문명은 쓰러져 파괴되고 균열을 낳은 것입니다. 이것은 마침 부자가 돈을 잃은 것과 같은 일입니다. 어제까지는 아무리 많은 재산을 소유하고 있었던 부자라 하더라도 오늘 그것을 잃어버리면 이제 부자가 아닌 것입니다. 그 사람이 옛날에 일개의 백성이었다면 또한 오늘도 일개의 백성에 지나지 않는 것입니다. 이제 그에게는 자랑할 만한 그 어떤 것도 없습니다.

그러나 그 남자가 교양을 가지고 있었다면 가령 부는 잃었다 하더라도 결코 보잘 것 없는 인간은 아니겠지요.

우리들은 일시 저 사회의 혼란기에 즈음하여 모두가 취한 태도를 어떻게 보았을까요? 그것은 동포를 위해 유감스런 점이 없었을까요? 과연 인류에 대해 봉건시대보다 훨씬 진보한 생각을 실지로 가지고 있었을까요? 그리고 이성에 의해 불안과 미망(迷妄)을 충분히 대처할 수 있었는지요? 자경(自警)단30) 사건, 주의자 학살31), 그런 사건은 우리들에게 매우 의문을 낳게 만들었습니다.

우리들은 우리들 형제에 대해 믿고 있지 않았을까요? 적어도 이 정도까지 잔학한 일이 우리들 형제의 손에 의해, 만약에 하루 아침에 사변에 조우하여 정신이 흥분한다면 언제라도 행해질 우려가 있다고, 평상시 서로 얼굴을 맞이하고 웃거나 이야기하거나 하는 동안에 생각했을까요? 나는 그것을 생각하면 당혹스런 나머지 기이한 느낌조차 사로잡히는 것입니다.

그렇지만 그것은 사실이며 이제는 이런 사실을 의심할 여지는

---

30) 화재나 수해, 지진 등의 비상사태 때 민간인들이 자신이나 공동체의 안전을 위해 조직한 경비단체를 가리키는 말인데, 간토대지진 당시에도 각 지역마다 수많은 자경단이 조직되었다. 그러나 이 당시 간토지역의 자경단은 이루 헤아릴 수 없는 집단 폭행사건을 일으켰는데, 조선인 학살뿐만 아니라 중국인과 일본인들도 다수 희생되었다.

31) 간토대지진의 혼란 속에서 당시 아나키스트인 오스기 사카에(大杉栄)가 헌병대에 이해 살해된 아마카스(甘粕) 사건, 사회주의자인 가와이 요시토라(川合義虎), 히라사와 게이시치(平沢計七) 등 10명이 가메이도(亀戸) 경찰서에 체포되어 사살된 가메이도사건 등 당시 불온시되었던 사상가를 학살한 사실들을 가리킨다.

없습니다. 우리들의 진가는 그곳에 머물러 있었던 것입니다. 우연히 진재에 의해 폭로되었기 때문에 만약에 진재가 없었다면 우리들은 여전히 진가 이상으로 자신들을 믿고 있었을 것입니다. 그렇지만 위험도 또한 그대로 은폐됨으로써 한층 더 큰 위험이 있었겠지요. 그리고 언젠가 그 기회가 온다면 마땅히 돌발할 것이며 결코 영원히 폭로되지 않고 있을 수는 없을 테지요.

진재는 우리들에게 미증유의 가혹한 희생을 치르게 하였지만, 그렇기 때문에 우리들이 가지는 위험성을 폭로하고 우리들이 하루라도 반성을 앞당길 수 있었던 점만은 기뻐하지 않으면 안 된다고 생각합니다.

과거 50년간의 문화는 시설의 측면에서 힘썼다고 하지 않으면 안 됩니다. 앞에서도 언급했듯이 학교 숫자로만 말하더라도 놀랄만한 일이 있었습니다. 그리고 50년의 세월은 짧다고 할 수 없습니다. 그럼에도 불구하고 이성의 측면에서, 도덕의 측면에서, 사상의 측면에서 대단한 진보를, 그 외적 문화와 비교하여 볼 수 없었음은 어찌된 일일까요? 누구라도 이를 우선 의심하지 않으면 안 될 것입니다.

나는 50년의 문화는 단지 자본주의적인 문화였기 때문이라고 말하는 것을 꺼리지 않습니다. 즉 물질중심의 문화이며 모의(模擬)적 문화였기 때문입니다.

교육도 과학도 모두 물질주의를 위한 교육이자 과학이며 그것은 결코 인생이나 정의를 대조(対照)로 한 것이 아니며 죄다 공리주의에 그 근저를 두고 있었기 때문입니다.

진리와 과학이란 인생을 위해 추구하는 성질의 것인데 학교는 이것을 개인의 이익을 얻기 위해 가르치고 있었습니다. 공리주의, 개인주의, 물질주의로 교육을 받은 사람들이 인류애, 인생애(人生愛)를 갖고 있지 않은 것은 어쩌면 조금도 이상히 여길 수 없는 결과였는지도 모릅니다.

자본주의 제도 위에 입각한 학교교육은 인생적, 또는 인간적으로 철저했다면 성립할 수 있는 것이 아닙니다. 그것은 근저에 모순을 가지고 있기 때문입니다. 그렇지만 만약에 문화의 정신이 인류의 평화, 행복에 없었다면, 또한 지선(至善), 지고(至高)의 감격에 없었다면 교육의 제1의를 망각한 것이라고 말하지 않으면 안 됩니다.

이러한 사이에 우리들은 서민계급의 사상전이 민중감화에 애쓴 점을 기억하지 않으면 안 됩니다. 언론에서 예술에서 아직 소기의 목적을 달성하기에는 멀다고 할 수 있지만, 반동적 사상이 자칫하면 폭위(暴威)를 긍정하려고 할 때에 진리에 대해 항상 경건하게 그것과 진행을 함께 한 점을 기억하지 않으면 안 됩니다.

현정부는 지금의 의회에 보통선거32)안을 비상 결의로 상정할

---

32) 일본에서 보통선거의 실현을 요구하는 운동은 메이지(明治)시대 때부터 있었던 일이지만, 다이쇼(大正)데모크라시의 분위기 속에 정점에 달해 1925년에 25세

듯합니다. 여기에 이른 것은 필연의 결과입니다. 그리고 민중의 의지가 끝내 여기에 도달하게 만든 것이며, 새삼스럽게 통과하는 것을 달리하지 않습니다. 단지 이것에 의해 민중의 자유, 행복이 어느 정도까지 증진할 것인지, 여기서 말할 수는 없지만 인간평등의 권리 주장이 민중의 이성에 철저했던 것만으로도 기쁜 일입니다.

보통선거가 무산계급의 해방운동으로부터 보더라도 그 과정이라는 고찰은 올바르고 합당할 것 같습니다. 왜냐 하면, 진리는 언제까지라도 정체(停滯)를 의미하는 것이 아니기 때문입니다. 노동자가 진정으로 자기의 해방을 바란다면 하나의 개념으로 언제까지나 구애받고 있을 리는 없기 때문입니다.

정치를, 항상 권력 그 자체라고 보고, 정치의 목적을 우리들은 생각하지 않을 수 없기 때문입니다. 암류(暗流)였던 무산계급의 사상전이 현실의 표면에서 다투어지는 것만으로도 무산계급은 계급전에서 유력한 위치를 점령했다고 할 수 있겠지요.

정말로 1924년은 당당하게 표면에 서서 민중의 의지를 표백(表白)하는 자유의 첫 번째 해이지 않으면 안 됩니다.

우리들은 진재 당시 한편 저러한 오해가 있었음에도 불구하고 다른 한편으로는 얼마나 상호부조의 따뜻한 감정으로 서로 통할

이상의 남자들에게 투표권을 주는 보통선거 법안이 제정되었다.

수 있었는지, 이것을 보아도 인간 상애의 목적이 결코 공상으로
만 그치지 않을 것이라는 점도 믿고 있는 바입니다.

　우리들은 각자의 지위에 대해서 새로운 사회건설을 위해 최선
의 노력을 보내지 않으면 안 됩니다.

　예술, 사상에 있어서는 모두가 인간이 진정한 생활을 영위하려
고 하는 운동을 위해 존재의 의의가 있음을 강하게 의식해야 합
니다.

　서민계급의 사상, 예술가는 가장 용감하게 사상전에서 부르주
아에 도전해야 합니다.

1923.11.

06

대지진 1주년 회고

지카마쓰 슈고(近松秋江)

1876–1944. 일본의 소설가, 평론가. 최초로 발표한 소설은
『식후(食後)』(1907). 작가로서의 위치를 확립한 것은 『헤
어진 아내에게 보내는 편지(別れたる妻に送る手紙)』나 『검은
머리(黑髮)』 등 이른 바 치정소설을 통해서였다.

작년에 발생한 9월 1일 대지진의 1주년이 되었다. 우리들은 평
소의 삶, 하나의 본능으로서 솔직히 어떤 천재지변, 인위의 재난
을 만나더라도 그것을 어떻게든 타개하고 탈출하고자 하는 노력
과 재치를 잠재적으로 보유하고 있다. 물론 그러한 뜻밖의 천재
지변이나 인재(人災)라는 기화(奇禍)를 환영한다는 것은 절대 아니
다. 그러나 한 번 그런 경우를 당했을 때 그저 공연히 비관하고
실망하고 낙담하는 것은 매우 안 될 말이다. 어떻게든 그 난관을
돌파할 힘이 필요하다.

하지만 동시에 한 줌의 에누리 없이 그 난관을 바로 보고 재해
를 재해 그 자체로서 사실을 사실로서 남자답게 인정하는 것 또한
궁지를 탈출하기 위한 용기를 떨치는 데에 가장 필요한 것이다.

　　우리들은 작년 9월 1일 대지진을 겪은 뒤 너무나도 냉혹하고 무정한 대자연의 파괴력에 당연히 몹시 놀랐고 비명횡사한 사람들의 형연할 길 없는 무참한 운명에 한없는 동정을 표했었다. 그러나 그 놀람은 아직 충분치 않았던 것 같다. 또한 비명횡사자들의 비참한 운명과 그들 유족의 마음 상태를 생각할 때 드는 슬픈 동정도 아직 충분히 쏟아 붓지 못한 것 같다는 애석함이 있다.

　　경박한 문필(文筆)생활자 중 어떤 이는 지진 직후에 발표한 지진에 대한 태도, 감상에서 인류사상 초유의 참사였던 그 일을 일부러 떠들어대며 구태여 아무것도 아닌 사소한 일인 것처럼 보는 자가 있는 것 같으나, 우리들은 그것이 허위의 눈가림임과 동시에 매우 불순하고 경박한 성격의 일면을 악하게 폭로한 것이라고 생각하여 크게 개의치 않았다.

　　물론 동정이나 놀람을 굳이 과장하는 것도 안 될 일이지만, 자신만이 운 좋게 위험을 면할 수 있었다고 해서 이러한 참사를 일부러 냉담시하고 잘난 체 하려는 것은 매우 안 될 말이다.

　　만약 작년 지진 때에 무탈했다고 한다면, 아마도 도쿄 300만 명의 사람들 중 이런 말을 하는 나를 비롯한 이들은 가장 완전하게 무사했던 사람들 중 한 명일 것이다.

　　도쿄 외곽 히가시나카노(東中野)의 우리 집에서는 그날도 아침에 이미 욕조 가득 물을 받아 두었었다. 여름에는 대개 오전 중에 목욕물을 받아두곤 한다. 그때, 격한 흔들림이 덮쳐왔다. 나는 그 시간에 마침 집 근처로 외출을 나가 있어 다행히 위험하지 않은 길을 걷고 있었으나, 서둘러 집에 돌아와 보니 집에 혼자 있던 아내는 임신 9개월째의 몸으로 옆집 여주인, 식모, 아이들과 함께 옆집 정원 나무들 사이로 피해 있었다. 나는 시골에서 온 20살이 된 아가씨를 맡아 돌봐주고 있었는데, 그 때 그 애와 밖을 걷다가 함께 돌아온 것을 울타리 안에서 옆집 아이들이 보고는 마치 자기들 아버지가 돌아오기라도 한 것 마냥 기운을 차렸다. 그 아이들의 아버지는 니혼바시(日本橋)로 매일 출근하고 있었다.

　열한두 살쯤 된 옆집 장남 아이는

　"아, 지카마쓰 아저씨가 돌아왔다."

고 외쳤다. 옆집 정원에 숨어있었던 것은 다섯 살짜리 여자 아이와 식모, 옆집 안주인, 내 아내 등 여자뿐이었고 그 중 남자는 열한두 살짜리 장남 아이가 유일했다. 게다가 옆집 안주인 역시 만삭의 배를 한 채로 있었는데, 지진 발생 이후 칠일 째 되던 날 출산을 했다. 그런 상황에 내가 밖에서 돌아왔으니 누구보다도 열한두 살짜리 남자 아이가 가장 힘을 얻은 것이었다.

　나는 밖을 걷다가 큰 흔들림이 일었을 때, 지금 걷고 있는 부근의 집이 기와를 폭포줄기처럼 흔들어 떨어트리고 있을 뿐 무너지지는 않았기 때문에 고작 방 세 칸짜리인 데다 꽤 튼튼하게 지어진 단층 신축 건물인 우리 집도 무너지진 않을 것이라고 생각했다. 그러나 부엌 선반 등에 무엇이 됐든 무거운 물건을 올려두었을 것이고 그것이 운 나쁘게 아내의 머리 위에 떨어져 임신한 몸으로 혹시 기절해 있다거나 한 것은 아닐까 하는 마음이 들어 어쨌든 한시라도 빨리 돌아가 보지 않으면 안심할 수 없었기 때문에 큰 흔들림이 일어났던 지점으로부터 꽤 떨어진 길을 서둘러 돌아갔다.

하지만 평소 신경질적인 성격임에도 불구하고 그런 상황에서는 스스로가 꽤 명료한 판단을 가지고 자성하는 기질 역시 있기 때문에 걸음을 서두르면서 마음속으로 '아냐, 만일의 경우가 발생했을 때 당황해서는 더더욱 안 되지'라고 생각을 고쳐먹고는 호흡이 괴롭지 않을 정도로만 길을 재촉했다. 약간 좁은 길에 부실하게 지어진 2층짜리 연립주택 중 한 동이 서있고 그 중 인력거꾼 숙소 등이 있는 집 앞까지 왔을 때였다. 또 다시 두 번째인가 세 번째의 큰 흔들림이 일어 아직 떨어지지 않고 남아있던 기왓장들이 와르르 떨어져 내렸다. 우리는 그 집 앞을 전력질주하여 빠져나갔다.

그리고 나는 길을 걸으며 수 없이 생각했던 사실을 입 밖으로 내었다.

"시내 바깥쪽이 이 정도라면 시내 쪽에서는 꽤 큰일이 벌어졌겠구나"

나는 울타리 밖에서 옆집 정원 나무들 속의 소리가 나는 방향을 향해 말을 걸었다.

"어떻게 된 거야? 모두 무사한 거야? 다치지는 않았고?"

아내가 나무숲 안에서

"네, 몸은 괜찮아요. 그런데 집이 큰일이에요."

라고 답하며 울상을 했다.

"음 뭐, 모두 다치지 않고 무사하면 그걸로 됐어."

옆집 장남은 마치 자기 아버지를 대하기라도 하듯 기쁜 얼굴로 나를 올려다보며

"아저씨, 저는 깜짝 놀랐어요. 아저씨, 또 큰 지진이 올까요?"

라고 응석부리듯 물었다.

"글쎄, 이제 괜찮을 거야. 더 이상 그렇게 큰 지진이 있을 것 같진 않아. 나무숲 안에서 쉬고 있으면 괜찮을 거다."

나는 애써 믿음직한 말로 타이르며 그들을 안심시키고자 했다. 땅 속을 들여다 봤다거나 한 것은 아니지만, 직감적으로 앞선 큰 흔들림보다 더 큰 지진은 이제 오지 않을 것 같았다.

그런 와중에 또 다시 덜커덩, 삐걱대며 큰 지진이 일어났다. 파손된 지붕에 걸쳐있던 기왓장들이 그 흔들림과 함께 또 떨어져 내렸다. 옆집 정원에 금붕어를 풀어놓은 한 평 남짓한 시멘트로 만든 연못의 물이 출렁거리며 튀어 올랐다.

"아저씨, 위험해요. 이쪽으로 들어오세요."

옆집 안주인이 외쳤다. 그곳에는 두세 척 되는 높이의 삼나무와 소나무들이 서있었다. 그 아래로 시원한 그늘이 만들어졌고 뿌리

가 뻗어 있었는데, 거기에다 걸상이나 돗자리를 깔아두고 있었다.

"저기 말야, 화로 안에 불씨는 없어?"

내가 아내에게 물었다.

"없을 거예요."

"없을 거예요라니, 있는 거 아냐?"

하고 되물었으나 흔들림이 멎지 않았기 때문에 바로 집 안에 들어가 보는 것은 꺼려졌다.

"애써 받아둔 목욕물이 요동쳐서 대부분 넘친 것 같아요. 보고 있자니 여섯 자[33] 정도 위로 튀어 올랐어요. 위에서 떨어지는 그을음이나 먼지 때문에 아무래도 들어가기 어려워요."

아내는 푸념하듯 말했다.

"뭐, 됐어. 어쩔 수 없으면 물을 길어다 부으면 되지."

그 후, 흔들림이 조금 잠잠해진 틈을 타 나는 서둘러 집 안에 들어가 보았다. 들어가자 다다미 위는 신발을 신은 채로 걸어도 될 만큼 흙이나 그을음, 먼지로 발 디딜 곳이 없었고 문은 쓰러졌으며 부채의 손잡이가 그 쓰러진 문에 박혀있는 등 나름대로의 처참함이 느껴졌다. 그런 경미한 참상을 보면서도 나는 '여기가 이 정도라면 도심부 쪽은 정말 큰일이겠다'라는 생각을 다시 한 번 했다.

---

33) 한 자(尺)는 약 30cm이므로, 약 1m80cm.

선반 위의 무거운 병 등은 어떻게 되었냐고 아까 아내를 만났을 때 제일 처음 물었었다. 아내는

"글쎄요, 분명 떨어졌겠죠. 뭔가 큰 소리가 나길래 이제 집이 완전히 무너졌나보다 생각했어요."

"떨어졌다고.. 어쩔 수 없지. 그래도 머리 위로 떨어지지 않은 게 다행이네."

내가 집 안에 들어가서 보지 못한 곳은 이미 선반 위의 물건들이 모조리 쏟아져버린 채로 있을 것이라 생각했다. 옆집의 육척이나 되는 커다란 책장은 앞으로 엎어져 있었고 그 앞에 있었던 사기로 된 큰 화로에는 다행히 불씨가 없었지만 재가 다다미 위로 잔뜩 엎질러져서 참담한 모양을 하고 있었다.

또 다시 흔들림이 시작될까 불안해하는 마음으로 나는 우리집에 들어가 보았다. 분명 떨어져있을 거라고 생각했던 부엌 선반 위에 놓아둔 4개의 병은 하나도 떨어져있지 않았고, 오른쪽 벽을 따라 세워둔, 쥐가 드나들지 못하게 만든 부엌 찬장도 쓰러져있지 않았다. 다만 소쿠리에 씻어 넣어 그 위에 올려두었던 일상용 자기 그릇 종류가 떨어져 접시나 밥그릇이 조금 깨져있었다. 그 중에 내가 평소 사용하던 밥공기가 있었는데 조금 값이 나가는 것이라 재질이 단단해서인지 약간의 상처조차 없어 이 역시 신기했다.

다다미 여덟장 크기의 방은 앞서 말한 것처럼 잔뜩 어지럽혀

진 모양이었고, 방 둘레를 따라 장지문 한쪽 편에 세워두었던 빈 책장은 평상시에도 무게 탓에 거의 넘어질 듯한 상태였는데 그것이 동쪽에서 서쪽을 향해 정면으로 다다미 위에 엎어져 있었다. 바로 3,4일 전 마루(丸) 빌딩34)에 있는 요코하마 화초 회사(橫浜草花会社)의 지점에서 사온 뒤 책상 위에 장식해 두었던 예쁜 때찔레꽃은 넘어진 책장 탓에 줄기가 뿌리부터 꺾여있었다. 내 뒤를 따라 집안으로 들어온 12살 된 딸아이가 요전번 마루 빌딩에서 나와 함께 꽃을 산 뒤 직접 들고 왔었는데, 그 장면을 보고는

　"엇, 불쌍하게도 꽃이 꺾여버렸네."

라고 아쉬워했다.

　그러나 그런 일 정도는 아무 것도 아니라는 사실이 9월 1일 이후 3일, 4일 날짜가 지남에 따라 점점 분명해졌다.

　8장 다다미 방과 4장 반짜리 다실(茶室) 그리고 3장 다다미 방의 현관이 있는데, 3개의 방 중에서 가장 심각했던 것이 이 3장 다다미 방과 현관 주변이었다. 현관 벽은 단지 균열 뿐 아니라 삼척 쯤 벗겨져 떨어져 있고, 입구문은 며칠이 지나 수선을 하기 전까지는 닫을 수가 없었다. 그리고 3장 다다미 방의 출입문 위쪽에 있던 한 칸에 한 척 정도 되는 선반에는 오래된 『제국문고(帝国文庫)』35)라든가 『신연예(新演芸)』36) 등과 같은 오래된 잡지

---

34) 마루노우치(丸の内) 빌딩. 1923년 도쿄역 앞에 세워진 지하 1층, 지상 8층짜리의 건물. 개관 당시 동양 제일의 빌딩이라 불렸다.

따위를 올려 두었는데, 이것들은 전부 떨어져 있었다.

그렇게 떨어져 파손될 가능성이 높은 부엌의 병들 따위는 하나도 떨어지지 않았고, 떨어져도 별 지장 없는 서책 등이 떨어지거나 넘어지거나 한 것도 신기한 일이었다. 그것을 마음에 두고 잘 생각해보니 이 지진은 우리집이 서있는 방향을 가지고 헤아렸을 때, 동쪽에서 서쪽으로 서있던 선반의 것은 어느 것이든 무사했고, 남쪽에서 북쪽을 향해 있던 선반의 것들은 모조리 떨어져 책장마저도 남북 방향으로 놓인 것이 서쪽을 향해 넘어지게 한 형국이었다. 그리고 문득 손 씻는 곳의 대야가 떠올라 그건 어떻게 됐을까 하며 바로 툇마루로 나가 보니 두꺼운 말뚝 위에 널빤지를 못 박고 그 위에 올려두었던 청자로 만든 대야가 마치 엎어 놓기라도 한 것처럼 바닥에 붙은 듯 떨어져 있었다. 예전부터 손 씻는 곳 바닥에 물을 흡수할 수 있는 장치를 직접 만들 생각이었는데 조금 더 궁리를 해볼 생각으로 우선 그대로 땅만 골라 두었다. 그 때문에 땅바닥에는 돌멩이 하나 없었다.

나는 툇마루에 서서 대야가 엎어져 있는 것을 보며, 깨졌을 것 같진 않지만 가장자리쯤에는 분명 상처가 나있을 것이라고 생각하고 바로 대야를 뒤집어 가장자리를 더듬어 만져보았으나 아주 미세한 상처나 거칠한 느낌조차 없었다. 그 청자 대야는 새것인

---

35) 1893년부터 1897년도까지 하쿠분칸(博文館) 출판사에서 발행한 문학총서.
36) 1916년 3월 창간되어 1925년 4월 폐간된 연극잡지.

데다 직경 다섯 치[37] 쯤 되는 물건으로서 내가 애용하던 것이었다. 거의 매일 직접 그 물을 갈고 하루 중 언제, 누가 와서 손을 씻으려고 하든 사용할 수 있도록 깨끗한 물을 찰랑찰랑 가득 채워두고자 하는 것, 그것이 내가 주의를 기울이는 부분 중 하나였다.

더운 때인 까닭에 화로에는 불씨가 적었지만, 좀 만져보니 사기로 된 화로가 뜨거웠다. 부젓가락으로 뒤적거려 보니 불씨가 몇 개인가 남아 있었다. 그 화로를 안은 채 부엌문으로 서둘러 나와 밖에 있는 우물 쪽으로 가지고 나왔을 때 다시 한 번 큰 흔들림이 발생해 머리 위의 기와 두 세장이 와르르 떨어져 깨졌다. 나는 서둘러 그것을 피해 널빤지 문을 지나 옆집의 넓은 정원을 향해 도망쳤다.

"위험해요."

아내가 나무숲의 그늘에서 외쳤다.

"아저씨, 위험해요."

옆집 안주인 역시 함께 목소리를 높였다.

우리들은 그렇게 두 세 시간 정도 정원 나무숲 안에서 불안한 시간을 보냈는데 그런 와중에 점점 흔들림도 잦아들었기 때문에 겁내면서도 다시 집 안으로 들어갔다. 그리고는 중얼중얼 투덜대

---

37) 한 치(寸)는 약 3cm이므로, 약 15cm.

며, 진흙, 그을음, 먼지, 선반에서 떨어지거나 깨지거나 한 물건으로 발 디딜 곳조차 없을 만큼 엉망이 된 방을 정리하기 시작했다.

그것이 9월 1일, 그 무서운 지진이 일어난 당일 오후 서너 시쯤이었는데 우리들이 그렇게 떨어져 흩어진 것들을 각각 원래의 장소에 돌려놓거나, 아무래도 고칠 수 없게 되어버린 문 때문에 여러모로 힘겨워하거나, 다다미 위의 진흙을 두 번 세 번 쓸어낸 뒤 젖은 걸레를 꽉 짜서 바닥을 훔치거나 하고 있는 동안에도 시내 쪽에서는 시시각각 아비규환 같은 소리가 격해졌으며 열지옥 같은 풍경이 펼쳐지고 있었다.

침구나 고리짝 따위를 겹쳐 넣어 두었던 옷장 안에는 벽과 천장 등에서 진흙이 잔뜩 떨어져 있어 아무래도 바로는 손 쓸 수가 없었다.

"뭐, 이래서는 그냥 그렇게 두는 수밖에 없겠네. 오늘은 아무래도 목욕을 못하겠네요. 모처럼 아침부터 받아 두었던 물이 그을음 때문에 새카매요. 어쩌나."

아내는 걱정스러운 듯 말했다.

"어디?"

내가 욕실에 가서 물을 들여다보니 역시나 그을음과 진흙으로 물 표면이 번들번들 빛나고 있었다.

"이 물을 버려 버리고 새로 물을 길어오면 되지."

나는 이제 큰 흔들림도 거의 지나갔다고 생각했고 그날 밤 역

시 평상시처럼 목욕도 하며 개운한 마음이 되고 싶다고 생각했으나 아내는

"오늘밤은 불씨를 주의해야 해요. 혹시 또 무슨 일이 생길지 몰라요."

라고 만류했다.

"그런가. 나는 이제 괜찮을 것 같은데 말야."

"오늘밤만큼은 목욕을 거릅시다. 아까 심한 흔들림이 일었을 때 물이 무서울 정도로 튀어 올라서 저 주변까지 미쳤었어요."

라고 말하며 아내는 천장 쪽을 올려다보았다.

이윽고 대강 방도 정리되어 넘어진 책장도 일으켜 세우고, 지금 당장 질서 있게 꽂지는 못했지만 서책을 원래처럼 쌓아 두었다.

그렇게 잠깐 숨을 돌리게 되어 걸레로 훔친 다다미 위에 고쟁이 하나만 입은 채 책상다리를 하고 앉아 있자니, 가끔 왕래하는 문학청년이 울타리 너머에서

"선생님 괜찮으십니까? 별고 없으셨어요?"

하고 물으며 늘 그랬듯 현관의 사립문으로부터 정원을 돌아 툇마루 쪽에 모습을 나타냈다.

"아, 고생 좀 했지. 고맙네. 우리집은 보이는 것처럼 벽이 약간 부서진 정도요. 자네는 그 때 어디 있었나?"

"저는 그 때 마침 고지마치(麴町) 쪽에 있었습니다. 고지마치의 ○여학교 교장을 잡지 일로 방문했는데, 그곳을 나와 3층짜리 학

88

교 건물 옆을 지나려고 할 때 그 지진이 일어났어요. 학교 건물 아래 높은 돌담이 무너져서 여학생 3명이 그대로 묻혔습니다. 저도 도와서 돌을 파헤쳤는데, 꺼내 보니 3명 모두 죽어있었어요. 한 명은 겨우 숨이 붙어있는 것 같았습니다만 아마 바로 죽지 않았을까 싶어요."

나는 그 이야기를 들으며 미간을 찌푸렸다.

"하아, 그렇군. 분명 그런 일이 도처에서 벌어지고 있겠지. 그래도 서로가 이렇게 무사하다니 말야. 자네 집은?"

"네, 감사합니다. 그래서 저도 더 그곳에 있으면서 도울까 생각했습니다만, 집 쪽이 걱정되어 고지마치 선로를 따라 서둘러 돌아갔습니다. 집은 딱 선생님 댁이 그런 것처럼 벽이 조금 무너져 있는 정도였고 모두 무사했습니다."

서로 그런 이야기를 나누며 무사한 것을 기뻐하는 의미로 부엌 마루 널빤지 밑에 차갑게 식혀두었던 시트론 사이다를 꺼내 마른 목을 축였다.

"그래서, 자네는 이제부터 어디로 갈 예정인가?"

내가 물었다.

"네, 지금부터 다시 고이시카와(小石川) 쪽으로 가볼 생각입니다. 친구가 어떻게 하고 있는지 보고 오려고요."

청년은 흥분한 것처럼 볼에 열을 올렸다.

"수고가 많겠군."

　　나는 큰 숨을 뱉으며 말했다. 그는 단지 친구의 안부를 걱정해서만이 아니라 반쯤 가벼운 마음으로 그야말로 극도의 혼란에 빠져있을 도쿄 시내의 여기저기를 둘러보고 싶어 하는 것일 테다. 나도 여러모로 도쿄 시내의 소란스러운 상황을 상상해보지 않은 것은 아니었으나, 어쨌든 그때는 9월 1일 오전 11시 58분을 지난 지 4시간 밖에 되지 않았을 때였고 그로부터 3,4일이 경과하여 재해 이후의 극한 참상을 알게 되기 전까지는 큰 지진이었다고는 해도 그만큼 심각한 상황일 것이라고는 상상조차 하지 못했었다. 도쿄 시 외곽 교외에 사는 사람들은 그럴 법도 했다. 니혼바시나 교바시(京橋) 중심가에 사는 사람 중에도 저녁 6,7시 무렵까지는 '뭐 별일 없네.'라고 생각한 사람이 꽤 있었으니까.

　　이윽고 그 청년이 돌아가고 난 뒤 나는 부엌 옆 욕실 쪽으로 가서

　　"어때, 목욕물을 갈고 목욕을 하는 게. 이제 큰 지진은 없을 것 같은데."

라고 말했다. 그러자 아내는

　　"그랬다가 만약 불이라도 나면 주변에 민폐잖아요."

라며 일언지하에 잘라 말했다.

　　"그런가."

　　나는 마지못해 목욕을 단념했다. 그 때 나는 목욕을 하면서 오후에 흘린 땀을 닦아내고 개운해지고 싶은 마음도 있었지만, 다

른 한편으로 가능한 한 차분히 불안한 재난 상황에 대처하지 않으면 안된다는 생각으로 집안 여인들의 마음을 안정시키고자 했었다.

그러는 와중에도 시시각각 경미한 여진이 덮쳐왔다. 그에 앞서 아까 밖에서 돌아온 뒤 얼마 지나지 않아 집에서 멀지 않은 곳에 있는 고지대의 언덕에 올라 먼 방향을 바라보니 빛 때문에 불길은 보이지 않았지만 도쓰카(戸塚)부터 오쿠보(大久保) 신주쿠(新宿) 부근 상공에 두세 군데 검은 연기가 치솟고 있는 것이 보였다. 화재를 알리는 종소리가 여기저기서 구슬프게 울려댔다. 그러나 그것이 나중에 도쿄 시내 태반을 태워버릴 만큼의 큰 화재였다고는 생각지 못했다.

이후 점점 날이 저물어감에 따라 서쪽 하늘을 보니 마치 먹물을 쏟은 것만 같은 검은 구름이 낮게 하늘에 깔려 당장 천둥번개라도 칠 것만 같은 범상치 않은 모양을 하고 있었다. 그와 더불어 동쪽의… 도쿄 시내의 시타야(下谷), 아사쿠사(浅草), 혼조(本所) 방면 상공에는 적란운이 뭉게뭉게 피어올라 차례차례 붉은색으로 물들며 하늘에 퍼져가는 것이 보였다.

6시쯤에 오전 중 주문을 받으러 왔던 닭고기집이 대나무 껍질로 싼 닭고기를 갖다 주러 왔다. 우리들은 그것을 익혀 기와의 파편이 떨어지는 것을 경계하며 촛불을 켠 채 함석지붕 아래 우물가에서 저녁을 먹었다. 시험 삼아 히가시나카노(東中野)역까지

가봤더니 화물열차 세 대가 막힌 채 정차해 있었고 업무를 중단한 역내에는 어두움이 깔려있었다. 도쿄 방면 하늘은 왼쪽으로는 도야마(戶山)의 하라노모리(原の森) 주변부터 오른쪽으로는 나카노(中野) 도노야마(塔の山) 숲에 걸쳐 불바다가 되어 있었다. 그 염화가 얼마만큼 엄청난 것인가를 상상하며 나는 끔찍하다든가 하는 다른 어떤 말로도 형용하기 어려운 기분이 들었다.

내 주변은 그런대로 무사했지만, 나는 영원히 그 대참사를 잊을 수 없을 것이다. 또한 십 수 만 명에 달하는 비명횡사자들에게 무한한 동정을 표하지 않을 수 없다.

(『중앙공론(中央公論)』, 1924.9.)

07

열차 안에서 도쿄를 바라보며

무라마쓰 쇼후(村松梢風)

1889-1961. 소설가. 『고토히메 모노가타리(琴姬物語)』 (1917) 등 주로 고증적인 인물 평전에 독자성을 가미한 작품을 써냈다.

내가 타고 온 야간열차는 아침 다섯 시 도쿄에 도착했다. 차창으로 이제 막 날이 밝은 거리를 내려다보고 있자니 비가 내린 뒤라 거리에는 아침안개가 내려 있었다. 하얀 안개는 땅에서 지붕까지 정도의 높이에 질척하고 묵직하게 서려있었다. 철도 선로 근처 거리는 기분 좋게 비에 흠뻑 젖어 이곳저곳 물웅덩이가 빛을 반사하고 있었고, 전차의 선로가 얇은 칼날처럼 반짝이며 길게 가로놓여 있었다. 전차는 벌써 운행을 시작했다. 아침 일찍부터 일하는 사람이나 노동자들이 저마다 손에 우산을 들고 걷는다.

하늘에는 아직 비구름의 잔영이 가득 펼쳐져 있었으나 보고 있자니 점점 하늘 높이 떠올라가는 것만 같았다. 구름 사이로 바다 같은 푸른색이 드러났다.

회색빛의 낮은 함석지붕 물결이 눈이 닿는 곳마다 펼쳐져 있었다. 한 쪽 시야는 시바공원(芝公園)에서 아타고산(愛宕山) 일대의 언덕에 의해 막혀있었다. 그곳에는 특히 짙은 안개가 끼어 있어서 안개 속으로 산의 숲이 상반신만을 드러낸 채 길게 이어져 있었다.

7월 초순부터 한 달 이상 맑은 날이 이어지던 끝에 만난 비였다. 나는 많은 이들이 기뻐하고 감사할 모습을 상상해보았다. 이 시내의 판잣집에 사는 사람들이 함석지붕을 때리는 빗소리를 들으며 어젯밤 얼마나 안심하며 잠들었을지 생각해보았다. 나도 오늘부터 바로 도쿄 거리에서 생활을 시작해야 하는 몸이다. 그 심했던 먼지도 이 비로 당분간은 가라앉겠지. 진창이든 뭐든 먼지가 일어나지 않는 서늘한 거리를 묵직한 신발을 신고 척척 걸을 수 있을 때의 유쾌함을 떠올렸다. 잔뜩 쌓인 먼지 위를 살금살금 걸어야 하는 귀찮음은 없을 것이다. 얼마나 고마운 비인지.

그러고 보니 작년 9월 지진 이후 나는 몇 번인가 이 열차의 차창에서 도쿄의 모습을 맞이하거나 떠나보내거나 했었다. 지진으로부터 얼마 지나지 않은 9월, 10월경 이 부근에 집다운 건물은 없었다. 눌어붙은 오래된 함석으로 둘러친 약해빠진 닭장 같은 것들이 굴러다녔고 그 안에 사람이 살고 있었다. 그야말로 초토화였다. 열차 창으로 보이는 사람들은 누구라고 할 것도 없이 비통한 눈빛을 한 채 그 광경을 바라보았다. 몇 번을 다시 보아도 어떻게 생각해봐도 상심할 따름이었다.

그 때 정오 열차로 시미즈(清水)를 출발했는데 가을 해가 짧아 도쿄에 도착하자 밤이 되었었다. 그러나 밤이 되어도 도쿄에는 불빛이 없었다. 일찍이 보석을 두른 왕비처럼 아름답게 빛나던 불야성의 수도에서 지금은 어떤 불빛도 보이지 않았다. 열차는 시나가와(品川)를 떠나 곧 깊은 암흑의 바다 속으로 삼켜졌다. 모두가 왠지 마계에 발을 들이기라도 하는 듯한 두려움과 불쾌함을 느끼지 않을 수 없었다.

하루하루 날이 지나면서 판잣집 건물이 세워져갔다. 정월이 되자 열차의 차창에서 보더라도 함석지붕이 거의 지면을 덮은 것을 볼 수 있었다. 그와 함께 밤거리의 불빛이 조금씩 살아나기 시작했다.

"수도가 살아나고 있네."

사람들이 말했다. 그러면서 그 강력한 부흥의 힘을 찬양하거나 자랑스러워했다. 그러나 나는 판잣집이 들어서는 것을 보면서도 사람들처럼 도쿄가 되살아나고 있다는 생각은 들지 않았다. 아무리 들어서도 판잣집으로는 될 것이 아니라고 생각했다. 물론 아무것도 없었던 때보다는 희망적인 기분이었다. 하지만 그것이 부흥을 기뻐할 정도의 기분인 것은 아니었고, 군이 말하자면 판잣집이 세워지는 것을 보며 아직 많은 사람들이 죽지 않고 살아남았음을 확인하게 되는 정도였다.

"판잣집이 세워지는 동안은 부흥했다고 할 수 없어. 판잣집을 걷어치우게 되는 때부터 진짜 부흥이 시작되는 거지."

나는 그렇게 말했다. 언젠가 역시 오늘과 같이 아침 일찍 도쿄에 도착했을 때 큰 눈이 내려 많은 판잣집들이 눈에 파묻혔었다. 또 언젠가는 녹아내릴 듯한 뜨거운 태양빛이 판잣집의 함석지붕 위를 태우고 있을 때 열차로 도쿄에 왔었다. 그럴 때는 특히 이런 도쿄가 지금 부흥을 향해가고 있다고 하는 긍정적인 기분을 느끼기 힘들었다. 이 도심지 생활의 잔혹함만이 떠올랐다.

그러나 지금 느끼는 아침 기분은 그때와 많이 다르다. 함석지붕이라 할지라도 이렇게 촉촉이 비에 젖으면 지내기 괜찮을 것 같았다. 아타고산의 정경이 시조파(四条派)38)의 그림처럼 눈에 들어왔다. 단 하루, 하룻밤 동안의 비가 모든 이들을 시름에서 건져 준 것 뿐 아니라 사람들의 마음을 이렇게 달라지게 하는가 생각하니 신기한 기분이 들기도 했다. 자연의 비정함에 학대당했을 때는 원망하고, 자연의 은총 앞에서는 바로 또 환희를 표현하며 기뻐하는 아이 같은 인간이니 어쩔 수 없는 일이다.

작년 그 대지진 발생 당일로부터 일주일 정도 지났을 때였다. 나는 어느 날, 우에노(上野)의 사이고 다카모리(西郷隆盛)39) 동상

---

38) 에도(江戸) 시대부터 현대까지 이어져 내려오고 있는 일본 미술계의 큰 파벌 중 하나.
39) 1828-1877. 에도 막부 말기에 활약한 무사, 군인. 정치가.

96

주변에서 도쿄의 불탄 자리를 바라본 적이 있다. 건물들이 사라졌기 때문에 전 시내의 도로가 그물망처럼 훤히 보였다. 그 도로는 여기고 저기고 사람과 차로 가득했다. 형용할 수 없는 혼란함이 감돌고 있었다. 화재를 면한 외곽의 서양식 건축물만이 곳곳에 우두커니 서있었는데 그곳에서는 집다운 형태를 한 어떤 것도 찾아볼 수 없었다. 그런 불탄 자리를 황색 먼지가 감싸고 있었다.

"관음보살님은 어디에 있는 거야."

내 근처에서 나처럼 주변을 둘러보던 사람들이 그렇게 말했다. 화재를 면했다고 하는 아사쿠사의 관음당도 그 지독한 먼지에 싸여 겨우 희미하게 보일 뿐이었다. 그런 광경을 나는 꽤 오랜 시간 그곳에 서서 바라보았다.

'이전처럼 도쿄가 재건될 수 있을까? 어떨까?'

하고 그때 나는 생각했다. 그 문제는 누구에게든 큰 문제였다. 수도 이전에 관한 이야기까지도 심각하게 거론되던 때였다. 그 때 나는 도쿄가 재건되기 힘들 것이라고 생각했다. 그대로 영원히 망해버릴지 모른다고 생각했다. 300년 간 일본 문화의 중심으로서, 또한 개개인의 생활을 오랜 세월 지배해 온 도쿄라는 대도시 그리고 그와 함께 태어났던 여러 문명들이 이제 사라져 버리고 장차 그저 역사상의 존재가 되어버리는 그런 때가 올지도 모른다는 생각이 들었다.

나는 도쿄가 완전히 멸망해버린 장면을 상상해 보았다. 그리고

그 대도시의 고적(旧蹟)이 어떻게 변해갈 것인가를 생각해 봤다. 나는 백년 후가 되어 그 불탄 자리의 대부분이 논이나 밭이 된 광경을 상상했다. 그때가 되어도 아사쿠사의 관음당이나 로몬(桜門)40)이나 오중탑이나 그 주위에 새롭게 생긴 작은 마을들만큼은 남아있겠지. 우에노의 산 아래에서 아사쿠사로 통하는 저 넓은 도로가 오분의 일 정도 폭으로 줄어드는 대신 양 가장자리의 논밭에는 봄이 오면 보리가 파랗게 자라거나 유채꽃이 노랗게 피거나 하며 먼 나라에서 찾아온 여행객들의 눈을 즐겁게 할 것이다. 그 때가 되면 현재 화재를 면한 야마노테(山の手) 거리의 대부분도 사라져버리게 될 것이다.

우시고메(牛込)나 고이시카와나 혼고(本郷)나 그 거리의 일부분이 황폐한 채로 남아 지난날의 모습을 담게 되겠지. 그렇게 다른 언덕이나 골짜기의 대부분은 밭이나 숲이 되어버릴 것이다. 폐쇄된 역과 역 사이를 마차가 나팔 소리 울리며 덜그럭덜그럭 달리고 있는 그런 광경을 나는 그려보았다.

나의 상상은 일본이라는 국가의 현재 혹은 장래 문화의 정도나 인구 밀도, 그 밖에 여러 가지 필연적인 조건을 무시한 끝없는 공상이었다. 그럼에도 불구하고 그 때 나는 엄청난 실감을 느끼며 자신이 그린 상상의 세계로 빠져들 수 있었다. 그렇게 나는

---

40) 절 등의 이중문.

왠지 모를 굉장히 좋은 기분에 젖어들었다. 도쿄가 망해 이른바 옛 무사시노(武蔵野)[41]로 돌아갈 것을 상상했던 것인데, 그럴 때 나는 상실감보다는 환희를 느꼈다.

이는 내가 진정한 도쿄 사람이 아닌 시골 출신으로서 도쿄에 대한 향토적 관념을 갖고 있었던 데서 비롯되기도 했지만, 그 뿐만은 아니었다. 도시에서 생활하는 우리들은 도시의 물질문명 속에 매몰되어 그것 없이는 하루도 보내기 힘들게 되어버린 상태에 빠져있는 한편, 그와는 반대로 자연으로 돌아가고자 하는 본능을 갖고 있다. 대재해에 직면하여 나와 같은 감상을 느낀 사람도 많이 있을 것이다.

그 후 며칠이 지난 어느 날, 나는 오차노미즈(お茶の水) 다리를 건너 스루가다이(駿河台) 주변을 걷고 있었다. 걸으면서 문득 눈을 돌렸더니 거기서 그다지 멀지 않은 곳에 굉장히 큰 비탈길이 이쪽을 향해 나있었고 그곳을 사람들이 오르락내리락 하고 있는 것이 마치 개미처럼 작게 보였다.

"무슨 비탈이지?"

나는 놀라 그 큰 비탈길을 쳐다보았다. 그리고 그것이 구단(九段)비탈임을 깨닫기까지는 시간이 조금 필요했다.

야키하라(燒原)[42]에 이르자 그만큼 주위의 형세가 달라보였다.

---

41) 간토 지역 일대를 가리키는 지역이름.
42) 봄에 초목의 성장, 병충해 방지 등을 위해 일부러 불을 놓아 태우고 난 뒤의 들판.

불탄 자리를 걷고 있으려니 생각지 못한 때에 다리가 나타나거나 늘어선 언덕이 보이거나 했다.

'이봐, 멋대로 히로시게(広重)43)가 얼굴을 내밀고 그래서 싫단 말야.'

어느 날 함께 걸으며 화가인 친구 M군이 내게 말했다. 정말이지 그 살풍경, 아니 무참함의 극한과도 같은 광경 속 여기저기 도처에서 히로시게를 발견하게 되는 것은 불가사의한 일이었다. 이를 보더라도 근대의 도쿄가 얼마나 자연과 멀어져있었는지 알 수 있다.

지진도 어느새 1년 전의 과거일이 되었다. 판잣집 건물이 늘어서고 무사시노도 히로시게도 다시 모습을 감춰버렸다. 물론 내가 그것을 슬퍼하는 것은 아니다. 수도가 재건과 부흥을 이루고자 할 때, 모든 기계적 문명이 자연의 편린마저 정복해버릴 것임을 나는 예상하고 있었다. 그 커다란 기계 문명 속에서 생활해 나갈 때의 쾌적함 역시 상상했었다. 자연에 대한 반역은 근대문명의 모든 것이며 인류의 숙명이다. '자연으로 돌아가자'라는 외침만큼 무력한 것은 없을 것이다. 우리들은 푸른 초목의 이슬을 떠나 등불을 향해 무리지어 날아드는, 하룻밤 사이에 죽고 마는 날벌

---

43) 우타가와 히로시게(歌川広重, 1797-1858). 에도시대의 우키요에(浮世絵, 풍속화) 화가. 특히 초기 작품인 '에도노하나(江戸乃華)'는 화재를 다룬 그림들 중에서도 놀라운 경지에 다른 것으로 평가받는다. 문맥상 히로시게란 히로시게가 그린 화재 그림, 즉 화재 장면을 가리키는 것으로 해석할 수 있다.

레와도 같다.

나는 열차 창밖으로 부흥한 대도시 도쿄의 위대함을 그려보았다. 하늘이 붉게 타고 지상에는 수정을 꿰어놓은 듯 구름을 헤친 건물들이 줄지어 늘어서 있다. 극장이나 카페, 공원 등에는 꽃 같은 남녀들이 환락과 자극을 추구하며 놀이에 열중하고 있다. 질리기 쉬운, 그리고 잘 잊는 도시 생활자들은 다이쇼 12년(1923년)에 있었던 그 무서운 자연의 잔학함을 먼 옛날이야기 듣는 것쯤의 흥미만으로 대할지 모른다. 나는 그런 것들을 떠올려 본 뒤 '그게 대체 언제일까' 생각했다. 도쿄가 완전히 부흥해서 우리가 그런 안락한 도시생활에 빠지는 것이 가능해질 때, 그것은 아마도 진작 내 머리가 하얗게 새고 혹은 허리가 굽어 인생의 희망을 전부 잃어버리고 난 다음일지 모른다. 그렇게 생각하자 비참해졌다. 수도의 부흥이란 것이 굉장히 요원한 일인 것처럼 느껴지기 시작했다.

그 주변의 연립 판잣집 중에는 이미 덧문을 열어둔 곳도 있는가 하면, 아직 닫아둔 채 자고 있는 집도 있었다. 살창 밖으로 꽃 화분을 놓아둔 집이나 작은 대나무 울타리를 엮어 나팔꽃을 뻗게 해둔 집 등도 있었다. 또 어떤 한 칸짜리 집에서는 덧문을 열고 철도 선로 방향을 향한 창 쪽에서 젊은 여인이 머리를 묶고 있는 모습이 보였다. 잠옷 차림 그대로 홀치기 염색을 한 유카타 소매 단을 목덜미에서 하나로 묶어 양쪽 팔 어깨까지 드러낸 채 거울

속을 보고 있는 여인의 얼굴과 팔의 피부색이 희미한 아침빛을 통해 본 탓인지 유령처럼 창백해 보였다. 반대편 창문 밖으로는 신바시(新橋)역의 화재로 무너진 건물이 작년과 같은 모습으로 남아 있었다. 비 갠 뒤의 도로를 사람이나 차들이 진흙을 피해가며 다니고 있었다.

(『중앙공론(中央公論)』, 1924.9.)

08

지진발생 1주년을 맞는 감상

미야지 가로쿠(宮地嘉六)

1884-1958. 일찍이 직공생활을 시작해 노동운동에 눈을
떴다. 문학가를 지향하여 상경한 뒤 가난함에 시달리며 『매
연 냄새(煤煙の臭ひ)』(1918), 『어느 직공의 수기(或る職工の
手記)』(1919) 등 노동자 생활을 그린 노동문학 작품을 펴
냈다. 노동문학의 선구.

내게는 저 대지진이 일어나던 날의 기억보다도 9월 9일 오후
오지(王子) 경찰서의 감옥에서 보낸 기억 쪽이 또렷하다. 그러나
그 일에 대해 언급하는 것은 피하고 싶다.

이제 대지진도 작년의 일이 되어버렸는가 하고 절실히 느낀다.
그 날은 지진 전에 비가 약간 내렸다. 나는 몇 해 전부터 일기를
쓰지 않고 있었는데 작년 9월 1일부터 2,3일 계속해서 일기 같은
것을 적었다. 지금 그것들을 들여다보니 딱히 자세한 내용을 쓴
것도 아니다. 9월 1일, 강진(强震), 석등이 넘어짐. 뒤편 꽃밭으로
끝내 도망침. 우체국에서 돌아와 읽다 만 <보바리 부인>을 읽기
시작해 곧 다 읽음. 화재를 알리는 종이 울림. 기적이 울림. 거리

여기저기서 연기가 치솟음 운운.

내가 있는 니시가하라(西ヶ原) 외곽에는 별반 피해가 없었다. 출산한 지 얼마 지나지 않은 임산부와 아기가 잠들어 있는 위를 서랍장이 넘어지며 덮쳤다든가 하는 근처의 이야기에 마음이 아프고, 병중인 늙은 부친을 어깨에 둘러메고 집에서 나와 공터 초원으로 데려간 이웃 어느 집의 상황을 안쓰럽게 바라보는 정도였다.

저녁이 될 때까지 거리의 상황은 알 수 없었다. 여기저기 연기가 치솟고 있었기 때문에 화재가 몇 군데에선가 발생한 것 같다고 미루어 짐작해 볼 뿐이었다. 해가 지고난 뒤에도 하늘이 심히 밝아서 작은 화재가 아닐 거라고 생각하고는 다바타(田端)를 지나 우에노까지 거리의 상황을 보러가 처음으로 놀랐다 —모든 산이 피난민으로 꽉 들어차 있었다. 부피가 늘어난 짐을 등에 지고 언덕을 기어오르는 모습이 애처롭다. 솜처럼 늘어져 광장에 포개진 채 꿈틀거리는 무수한 사람 그림자— 운운하며 나는 그날 밤의 일을 적었었다. 그 밤 집으로 돌아가는 길에 야나카(谷中)의 어느 담장에서 그날의 사상자 수를 보고하는 벽보가 신문사 이름으로 붙어있는 것을 본 나는 더욱 놀랐다. 집에 도착한 것은 새벽 3시였다.

불행한 이재민들 중에서도 가장 나의 마음을 아프게 한 것은 요시하라(吉原)44)나 스자키(洲崎)의 유녀들이었다. 시타야(下谷), 요시초(葭町), 신바시(新橋), 아카사카(赤坂)의 게이샤들이 타죽었다고 들었어도 별다른 슬픔을 느끼지 못했으나, 요시하라의 많은 유녀들이 불에 타죽었다는 이야기를 듣고는 마음이 아팠다. 가을 비가 부슬부슬 내리는 속에서 돈생보리(頓生菩提)45)라고 쓴 깃발을 세운 요시하라의 무덤 사진을 신문에서 봤을 때 나는 가슴 깊은 곳에서 절절한 슬픔을 느끼지 않을 수 없었다. 돈생보리, 돈생보리, 나는 그 불교 용어의 의미를 잘은 모르지만 그 글자에서 감상적인 무한한 슬픔을 느꼈다.

그러나 요시하라도 1년이 채 지나지 않아 재건되었다. 지진으로 죽은 사람들이 모두 되살아오기라도 한 것처럼 북적였다. 굉장히 많은 사람이 모였다. 나는 굳이 인도주의적인 관점에 서서 공창제 폐지론자가 될 생각은 없다. 다만 유녀들은 이 세상에서 가장 애처로운 존재들임을 말하고 싶을 따름이다. 사실 나는 유녀들의 사랑을 받은 기억이 별로 없는데, 최근에는 저녁 무렵 자주 요시하라를 산책했다. 오지에서 미노와(三の輪)행 전차, 미노와에서 도테이(土堤)로 걸으면 내겐 바람을 쐬기 딱 좋은 산책이 된다. 물론 유곽에 등청하지는 않는다. 판화처럼 손님을 유곽으로 안내해주는 찻집 양쪽의 야경을 보는 것이 좋았다. 홍조 띤 얼굴로 머리를 둥글게 말아 올린 오이란(花魁)46)의 치장도 점점 마음

---

44) 에도 시대에 에도(지금의 도쿄) 외곽에 만들어진 공창(公娼).
45) 신속하게 깨달음의 경지에 이르는 일. 죽은 이의 추도 및 공양을 할 때 혹은 극락왕생을 빌어줄 때의 용어로 쓰인다.
46) 요시하라 유곽의 유녀들 중 우두머리 격의 유녀를 이름.

에 들었다. 유녀는 여성들 중 가장 친절하게 보살펴줘야만 할 것 같은 기분이 든다. 특히 지진 이후에 나는 그런 생각을 했다. 돈 생보리. 돈생보리ㅡ.

그곳이 아사쿠사의 어느 거리였는지 분명 기억을 했었는데 지금은 떠오르지 않는다. 오오지 경찰서의 제1호 감옥에서 수고했단 말을 듣고 10일 간의 수감 생활에서 풀려나 집으로 돌아간 뒤였으니까 작년 9월 말이었을 것이다.

어느 날 비트적거리며 아사쿠사 거리를 걷고 있었다. 역시 아사쿠사다. 벌써 판잣집이 칠할 정도 세워져있었다. 나는 그 때 왜 그랬는지, 아마도 소변이 마려워서였을 것이다. 큰길가의 뒤편으로 들어갔는데, 한 발짝 뒤편에 들어서자 차마 눈 뜨고 보기 어려운 지진 이후의 참상이 아직 그대로 남아있었다. 소변을 보려고 절의 묘지가 불탄 자리를 지나려고 보니 그 묘지 안에 타버린 함석을 기대어 세운 천민의 움막, 말 그대로 움막이 있었고 그 속에 열여덟, 아홉쯤 된 얼굴 흰 예쁜 처녀가 구부린 채 혼자 바느질을 하고 있다. 나는 소변 따위는 잊고, 굉장히 훌륭한 그림을 만나기라도 한 것처럼 시선을 빼앗겨버렸다. 나는 지금도 가끔 그 처녀의 아름다움을 떠올리곤 한다.

작년 8월 말에는 군마(群馬) 산중의 호시(法師)온천이라는 온천에서 일주일 정도 지냈다. 내게는 도쿄 대지진의 기억과 그 호시온천에서 보낸 일주일 동안의 기억이 꼭 결부되어 떠오르곤 한다. 올해는 시부카와(渋川)에서 누마타(沼田)까지 철도가 개통되었기 때문에 작년보다 편리하다. 그래도 누마타에서 5,6리 산길을 마차나 버스로 들어가야 한다. 온천 숙소까지는 2.5리를 걸어가지 않으면 안된다.

누마타는 기재(奇才) 우부카타 도시로(生方敏郎)47)의 고향이라고 들었는데 그곳에서 나는 두 밤 정도 여관에 묵으며 약간 바가지를 썼다. 여관 옆은 게이샤(芸者)집이었는데 거기가 여관 여주인의 친정이라는 것을 나중에서야 들었다. 물론 그 때 게이샤를 부르거나 하진 않았다. 만약 불렀다면 그야말로 화가 날 만큼 바가지를 썼을지도 모른다.

여관은 그 고장에서 제일이라 불리는 곳으로, 깨끗한 데다 눈 아래로 도네(利根)강이 보이는 전망 좋은 방을 주긴 했기 때문에 그 탁 트인 전망을 포기하기 어려워 결국 두 밤을 묵게 되었다. 문밖에서 기다유(義太夫)48) 소리가 들려왔기 때문에 방으로 불러 몇 곡조 들었다. 쉰 살 쯤 된 도쿄 사람 같은 노파였는데 꽤나 좋은 목소리로 재밌는 이야기를 들려주었고 샤미센 솜씨 또한 좋았다.

나는 한 곡 들려달라는 요청을 받았다. 근처의 마이코(舞子)49)가 두세 명 놀러왔다. 숙소 여주인도 내 연주를 들으러 왔다. 나

---

47) 우부가타 도시로(生方敏郎, 1882~1969). 일본의 수필가, 문학가.
48) 조루리(浄瑠璃, 샤미센(三味線) 반주에 맞춰 낭창하는 옛 이야기)의 유파 중 하나.
49) 어린 게이샤.

는 제대로 샤미센을 한 자락을 들려주었다. 그것으로 나는 완전히 난봉꾼이 된 것 같았다. 기다유를 불러 샤미센까지 연주한 사람이 근처 게이샤를 부르지 않는 것은 약간 체면이 서지 않는 일 같았지만 목적지인 호시 온천에 도착하지도 않았는데 이런 곳에서 바가지를 쓸 수는 없지 싶어 다음날 아침 도망치듯 그곳을 떠났다.

미쿠니(三国) 고개의 산기슭에 있는 호시온천까지 가는 길은 힘들었다. 그러나 힘들게 간 보람은 충분히 있었다. 실로 풍부하게 솟아나는 온천이었다. 투명 무색한 온천으로, 집이라고 할 만한 것은 여관 건물을 포함해 세 채 정도뿐이었다. 다른 두 채의 집은 시나노(信濃)강 수력전기공사에 동원된 조선인 토목공들의 숙소였다. 여성 목욕객들은 다소 불안해하기도 했지만 온천물이 좋고 가격이 싼 점 때문에 손님이 꽤 붐볐다. 대부분의 손님은 알아서 식사를 했는데 하루에 1엔 정도였다. 물론 먹을 것은 불편했다. 두부, 오이, 기껏해야 미꾸라지 요리나 잉어 된장찜 정도가 고작이었다.

내가 호시 온천에 머문 지 3일 정도 되었을 때 내 바로 옆방에 남녀 두 사람이 손님으로 들어왔다. 여자는 아무리 봐도 기생이나 여급 같았다. 남자는 서른 너다섯 쯤 된, 딱히 호남이라고는 할 수 없으나 여자를 좋아할 것 같은 남자로 보였다. 이상하게도 그 옆 방 여인은 나와 마주칠 때마다 의미심장한 미소를 지었다.

말씨를 들어보면 도쿄 사람 같진 않다. 뭐지.. 나는 생각해 보았으나 답이 나오지 않았다. 아무리 생각해봐도 전에 만난 사람 같진 않다. 그러던 어느 저녁, 내가 2층 난간에 몸을 기대고 있는데 옆방 여인도 난간에 기댄 채 나를 보고있었다. 스물너댓 쯤 된 둥근 얼굴의 여인이었다. 중간 무늬의 유타카에 좁은 띠를 매고 있었다.

"옆방 신사분."

그녀는 갑자기 내게 말을 걸었다.

"누마타에서 ○○관에 묵으신 적이 있는 분이죠?"

"아, 맞아요. 그쪽은..?"

나도 붙임성 있게 질문을 던졌다. 동행한 남자는 온천에 가고 없었다.

"당신이 연주하는 샤미센을 들었어요."

여인이 웃었다.

그제서야 나는 생각이 나기 시작했다. 누마타에서 내가 묵었던 여관 근처 게이샤였던 것이 떠올랐다. 그 후 그 여인과 그 여인의 동행인 남자와도 마음이 맞아 함께 화투를 치며 놀거나했다. 남자는 누마타에서 치과를 하고 있는 사람이라고 했다. 일주일째 되던 날에는 치과의사라는 남자의 부인이 온천에 쫓아와 큰 소동이 벌어지기도 했다. 나는 그로부터 하루 이틀 더 있다가 그곳을 떠났는데, 도쿄에 돌아간 뒤 이틀 째 되던 날 그 대지진이 일어났다. 그리고 그로부터 1년이 지난 지금의 어느 저녁 나는 그 여인과 많이 닮은 여인을 요시하라의 어느 접객소 앞에서 보게 된 것이었다.

(『중앙공론(中央公論)』, 1924.9.)

09

어느 부인과의 대화

가미쓰카사 쇼켄(上司小剣)

1874-1947. 소설가. 자연주의적 경향의 작풍에서 후일 사회주의적 작풍으로 변모했다. 『갯장어 껍질(鱧の皮)』 등이 대표작이다.

"벌써 일년이 됐네요."

"시간이 빨라요."

"지구가 태양을 한 바퀴 돈 거죠. 스스로 돌면서, 자신이 태양 주위를 빙글빙글 돌 듯 자신 주위를 빙글빙글 돌고 있는 달을 데리고 말이에요."

"뭔가 복잡하네요. 말씀 좀 더 해보세요."

"놀리지 마세요. 천체의 기묘한 조직.. 지상 인류의 생활에서 비유할 것을 찾자면 무정부 공산주의자가 딱 그 같은 조직을 이루고 있지 않은가요.. 그 천체의 운행은 하늘 아래 인간의 말로는 잘 표현하기 어려울 정도예요."

"저도 천문학 서적은 꽤 읽었습니다. 천계 이야기, 태양 이야기.. 때문에 이래 보여도 항성과 혹성의 구별이나 태양계의 8개 혹성 중 하나가 지구라는 것 정도는 알고 있지요. 그런데 그게 정말일까요. 적당히 상상한 것이 아닐는지. 지구에서 일어나는 바로 발아래의 지진조차 예지를 못하는데 몇만 마일, 몇천 마일에서 몇백조 마일 너머, 빛 이외에는 우리들이 사는 세상과 단절된 우주의 일을 그렇게 정확히 알 수 있을까요."

"그건 알 수 있지요. 스스로의 일은 몰라도 타인의 일은 비교적 잘 알 수 있는 것처럼 말이에요. '훈수 두는 사람 눈에는 여덟 수 앞까지 보인다'[50]는 말도 있잖아요."

"호호, 묘한 지점에 그 표현이 나왔네요. 바둑을 두시나요?"

"바둑은 싫어합니다. 바둑 뿐 아니라 승부를 겨뤄야 하는 것들은 다 싫어요. 이기는 건 상대방에게 미안하고, 지는 건 싫고."

"호호호, 오늘밤에 월식이 있다네요."

"오늘밤이 아니라 내일 새벽입니다. 오전 2시 31분 3초부터 시작될 거예요. 그리고 5시 8분에 월식 상태인 채로 서쪽 상공을 향해 지겠지요."

"그렇게 되는 건가요."

"그렇게 될 겁니다. 요전번 월식 때는 밤 12시 몇분 몇초였더라, 그때 월식이 일어날 거라고 해서 그 시각에 베란다에 나가

---

50) 오카메 하치모쿠(岡目八目). 본인보다 제3자가 사물의 시비곡직을 더 잘 안다는 뜻의 한자성어. 바둑의 격언 중 하나.

시계를 들고 둥근 달을 보며 기다렸어요. 그러자 1초도 어긋남 없이 예정대로 그 시각 왼쪽 상공(이었던 것으로 기억합니다)에서 월식이 시작됐어요. 달이 가장 많이 가려지는 시각이 6초 정도 빨랐는데 그건 제 시계가 그 때 그만큼 늦어졌기 때문이었다는 걸 나중에 알았지요."

"그만큼 하늘의 일을 잘 알 수 있는데 발아래의 지진은 어째서 알 수 없을까요."

"멀고 먼 천체의 변화는 1분 1초도 틀리지 않고 예보 가능한데 현재 자기가 밟고 선 지상의 일이나 땅 속의 변화는 알기 어렵죠. 1분 1초가 뭡니까, 아침에 내릴 거라고 예고됐던 비가 밤이 되어도 내리지 않거나 맑을 거라고 했는데 비가 온다거나 특히 지진의 경우는 전혀 예보 할 수 없다니 참 우습지요. 지금 제가 갖고 있는 천문학 서적은 34년 전에 나온 건데, 올해 8월 23일에 화성이 지구에 가장 가까워질 것임을 정확히 예고하고 있어요. 하지만 지상의 일은 오늘 신문에서조차 내일 날씨를 정확하게는 예측 못해요. 그런 얘기는 얘기로서는 아주 재밌고, 극장에서 박수갈채를 받는 것도 그런 얘기들뿐이니까 그런 얘기를 잘 할 줄 아는 사람이 인기를 얻는 거지요. 하지만 생각해보면 그런 이야기는 재치나 임기응변일 뿐이고 내용이 없어요. 이러고 있는 동안에도 이 지구가 만약 1분 간 천마일이라는 엄청난 속력으로 태양 주위를 돌아 1년이라는 시간을 만들어내는 이른바 공전(公転)이라는 것을 갑자기 멈추고, 태양 속으로 뛰어들어 버리는 일이 생긴다고 하면 그건 결코 인간의 지혜로 예고할 수 없는 일이잖아요. 물론 그럴 일은 절대 없겠지요. 천체의 운행은 한 치의 어긋남 없이 이루어지고, 무정부주의자들 역시 자유함 속에서도 절제 있는 규율을 갖고 있으니까 앞서 한 얘기 역시 무슨 얘기인지 알겠어요. 그와 달리 지상의 일은 변덕스러운 경우가 많아서 지진이라고 하는 크나큰 변덕을 만나면 그야말로 큰일이 되는 거예요. 지진을 메기라고 표현한 건 그야말로 걸작 동화 같아요."

"지금 말씀하신 것처럼 이 지구가 태양 속으로 뛰어들기라도 하면 정말 큰일이에요."

"큰일 정도가 아니지요. 그렇게 되면 성불하길 비는 수밖에 없어요. 발전기가 작동을 멈춘 비행기 따위와는 비교가 안돼요. 섭씨 7천도라는 뜨거운 태양 표면에 지구가 충돌하는 것은 스토브에 겨자씨를 던지는 것과 마찬가지인 건데, 태양 입장에서 보면 아무 소리도 나지 않는 귀 간지러운 일쯤일 거예요."

"피복창 참사 정도가 아니겠지요."

"하지만 그런 일은 벌어지지 않을 거예요. 지구는 인간처럼 변덕스럽지도 않고 게으르지도 않으니까. 무턱대고 자전을 게을리하거나 공전을 쉬어버리거나 하지 않아요. 무질서하게 막 흩어져 있는 것처럼 보이지만 천체는 모두의 움직임과 각자의 움직임이 극히 자유롭게 그러면서도 변덕스럽지 않게 운행되고 있어요. 압

박 없이 규율이 존재하고, 강제 없이도 긴밀히 연결되어 있는 평화롭고 자유로운 집단생활을 해나가죠. 개인과 사회가 가장 매끄러운 형태로 멀지도 가깝지도 않은 상태를 유지하는 것. 아나키즘의 극치를 천체의 운행에서 볼 수 있어요."

"그건 인체의 세포 또한 그렇죠. 하지만 인간이 좀 더 제대로 연구하고 반성했더라면 작년 같은 지진 때의 요동침은 편한 마음으로 웃으며 지켜볼 수 있지 않았을까요? 이런 말을 하면 안되는 건지도 모르겠지만, 반 이상, 7할 이상, 혹은 8,9할 이상, 어쩌면 9.9할 이상 작년의 지진은 지진 자체에 비해 피해가 커져버렸어요. 집을 흔든 것은 자연의 힘이지만 집을 태워버린 것은 인간이 사용한 불이에요. 냉정히 말해 다 스스로 자초한 결과지요. 올해 1월 15일에 일어났던 지진 때는 천문학자들의 이야기는 둘째로 치더라도, 작년 9월 1일의 지진과 그렇게 크게 다르지 않았잖아요. 그게 만약 9월 1일에 일어났더라면 아마 분명 피해를 입었을 거예요. 지난 1월의 지진이 도쿄에 거의 피해를 주지 않고 넘어간 것은 판잣집 건물이 대부분이었기 때문일 겁니다. 즉, 작년 9월 1일 이전에는 판잣집보다도 약한 집에서 무리하게 살았기 때문에 지진 피해가 그렇게 컸던 겁니다."

"그건 그런 것 같아요. 판잣집이나 철근 콘크리트로 지은 단단한 건물, 이 둘 중 하나로 도시의 건물을 지었더라면 작년 9월 1일의 지진쯤, 거의 무난히 넘겼을텐데. 웃으면서 넘기기까진 못하더라도 말이에요."

"좀 더 자연에 가까워지든가 아니면 자연을 극복하든가, 둘 중 하나면 좋을텐데요."

"앞으로 부흥하게 될 도쿄의 모습은 물론 후자에 가깝겠죠. 자연을 극복하고자 하는 건축이나 설비를 통해 말이에요."

"그럴 거예요. 판잣집이 지진에 강하다기 보다는 지진이 판잣집을 안중에 두지 않는 거니까. 픽픽 쓰러지거나 하지도 않고. 하지만 화재가 나면 속수무책이죠. 불에 타지 않고 지진에도 무너지지 않는 집이 필요한 것이라고 했을 때 결론은 이미 나와 있는 셈이에요. 그렇지만 자연은 극복하겠다고 해서 극복할 수 있는 것이 아니죠. 현재 도시 전체는 고대의 도시와는 달리 많은 인간들이 우연히 모여 만들어진 생명력 없는 곳이에요. 살아있는 도시가 아닌 집이나 도로의 끝없는 행렬에 불과합니다. 이런 곳은 천재지변보다 인간들이 스스로 만들어내는 재해에 의해 망하게 될 것 같아요."

"그럼, 어떻게 하는 게 좋겠단 말씀이세요?"

"좀 더 자연과 융화된, 자연에 안길 줄 아는 도시를 만드는 거죠. 도쿄의 지형은 특히 그런 도시 건설에 적합해요."

"가본 적은 없지만, 얘기를 들은 적 있는 '빈'과 같은 도시를 만드는 것이 도쿄에 가장 좋다는 건가요?"

"글쎄요, 어떨까요. 어쨌든 뉴욕의 싸구려 모조품을 무사시노의 일각, 에도만 부근에 설치하는 건 안되죠. 지진과 화재는 그걸로 막을 수 있을지 모르지만.”

“저는 작년 9월 3일에 도쿄의 대로를 걷고 있었어요. 타다 남은 불씨를 쬐면서요.”

“그랬습니까. 저도 걸었습니다. 함께 걸었으면 지금 나누는 기억들이 더 뜻깊었을텐데.”

“이번 여름에 그때와 같은 곳을 하염없이 걸어가는데 눈물이 났어요.”

“어떤 눈물이 말입니까.”

“판잣집들마다 안에 전부 푸른 식물을 심어놨더라고요. 손바닥만한 좁은 정원도 있고. 그 초토화된 땅에 말이에요. 그럴 여력이 없는 곳에서는 하다못해 화분을 놓아두었다든가… 어느 가난한 판잣집에서는 불탄 자리에서 주워 온 것 같은 깨진 옹기에 나팔꽃을 심었는데 예쁜 꽃이 피어있었어요. 그 꽃을 보고 눈물을 참을 수가 없었어요.”

“바로 그겁니다. 그런 마음이 자연과 융화된, 자연에 안기고자 하는 아름다운 도시를 건설하는 마음이에요. 가을이 되면 그 깨진 옹기에는 국화가 피겠지요, 분명.”

(『중앙공론(中央公論)』, 1924.9.)

○10

대지진 회고

나가타 히데오(長田秀雄)

"그로부터 벌써 1년이 지났네요."

라고 하면 백치나 광인(狂人)이 아닌 이상, 적어도 간토 지방에 사는 사람이라면 모두 침울한 표정으로 고개를 끄덕일 것이다.

누구 하나 그때 그런 큰 천재지변이 일어날 것이라고 생각하지 않았다. 그도 그럴 법하다. 우리는 1차대전 이후 다섯 강대국 중 하나로서 물질적으로도 정신적으로도 완전히 만족스러운 기분을 즐기던 국민이었다. 방심하는 것은 당연했다.

오전 11시 58분, 그 시각 나는 우에노의 미술관 입구에 서있었다. 공기는 열을 앓는 것처럼 습하고 뜨거웠다. 기름 같은 땀이 얼굴에서 흘러내렸다.

먼 우레 소리 같은 울림이 어디선가 들려오기 시작했다.

"어어!?"

나는 당황하며 촉각을 곤두세웠다.

땅이 흔들흔들 흔들렸다. 그곳에 있던 사람들이 등 그림자처럼 분주히 움직였다. 나는 전신에 흐르는 진동을 느꼈다.

"대지진이다."

나는 엉겁결에 소리 내어 말했다.

그리고는 진동의 정도를 가늠해보기 위해 천장에 달린 전등을 올려다보는 습관이 있었기 때문에 바로 천장 쪽을 바라보았다. 천장에는 전등이 없었다. 종횡을 가로지르는 들보가 엄청나게 흔들리고 있었다. 나는 전후 사정을 고려할 것도 없이 바로 회장(会場)에서 뛰쳐나왔다.

회장 앞 평지에는 벌써 사람이 한가득 서있었다. 땅은 멈추지 않고 계속 흔들렸다. 근처 한 곳에 심어진 어린 벚꽃나무가 일제히 전멸해 있었다.

그런 와중에 흔들림이 한층 극심해졌다. 나는 도저히 서있을 수가 없어서 몇 번인가 넘어져 굴렀다. 아침부터 비를 머금은 듯한 낮은 구름이 깔려 있던 하늘은 어느 샌가 완전히 개어 강렬한 태양빛이 비추고 있었다. 회장의 그림자도 벚꽃나무 그림자도 빛나는 대지 위에서 활동사진처럼 부들부들 떨렸다.

누군가가

"박물관!"

이라고 큰 소리로 외쳤다. 나는 고개를 돌려 박물관을 쳐다봤다. 고풍스러운 검은 문 안쪽의 큰 현관이 지붕에서 떨어진 기와나

돌조각에 완전히 묻혀 아무것도 보이지 않았다.

"이건 대지진이다."

나는 지금껏 느껴본 적 없는 무서움에 엄습당하며 생각했다. 나는 도쿄가 얼마나 파괴되었을지 보고 싶었다. 그래서 바로 사이고 다카모리의 동상 앞으로 향했다.

나는 의외의 충격을 받았다. 순식간에 집에서 도망쳐나온 사람들이 밀물처럼 우에노의 산을 향해 밀려들었다. 멀리 아사쿠사 쪽에서 세 군데 혹은 네 군데 불길이 솟아올랐다. 그때 나는 처음으로 12층탑을 보았다. 12층탑은 뾰족하게 부러진 창처럼 아래쪽만이 남아있었다.

땅울림이 울리나 싶더니 또 지진이 시작됐다. 흙먼지가 시내 위를 덮고 그 아래에서 모기가 우는 것 같은 사람들의 힘없는 외침소리가 들려왔다. 앞으로 또 어떤 무서운 일이 일어날지도 모른다고 생각한 나는 벚꽃나무에 완전히 붙어있었다. 전신에서 땀이 차올랐다. 어디에서라고 할 것 없이 여기저기서 음침한 목소리가 '나무아미타불…'을 읊어대는 것이 들려왔다.

사이고 다카모리의 동상은 땅 속에 처박힐 것만 같은 심각한 반향을 보이며 앞뒤로 흔들렸다. '저게 넘어지면 분명 사람이 죽겠지.' 앞쪽 철창에 매달린 많은 사람들을 보며 나는 어금니를 문 채 그런 생각을 하고 있을 수밖에 없었다. 태양이 흙먼지 속에서 어둡게 붉은 얼굴을 드러냈다.

밤이 되었다. 시릴 정도로 맑았던 하늘에는 이상하리만치 푸른
달이 떠있었다. 그리고 밤에도 분명 빛나는 것처럼 보이는 새하
얀 구름이 비스듬히 하늘에 흐르고 있었다.

우리들은 집주인인 호소카와(細川) 후작(侯爵)의 호의로, 넓은
밭에 친 큰 천막 안에서 쉴 수 있었다. 모든 땅이 죽은 듯 조용했
다. 잡초 아래서는 여치가 아무 일도 없다는 듯 울어댔다.

번화한 시내 쪽의 하늘에는 이상한 형태의 구름 하나가 떠있
었다. 그 큰 구름에 화재 불길이 반사되어 숲 위의 모든 것이 더
욱 빨갛게 밝아졌다.

5분, 10분 간격으로 땅이 흔들렸다.

"저 구름은 뭘까요?"

"글쎄요, 아무래도 이즈(伊豆)의 오시마(大島)51)가 터졌다고 하
니까 그 분화구에서 나온 연기일지도 모르지요."

나중에 생각해보니 터무니없는 얘기였지만, 그때는 그게 별로
이상하거나 우습게 들리지 않아 왠지 납득이 되는 것만 같았다.

마루 빌딩이 넘어졌다든가 이즈 반도 섬이 침몰했다든가 하는
유언비어가 여기저기서 들려왔다. 돌이켜 생각해보면 그때 우리
들이 본 이상한 큰 덩어리의 구름이야말로 혼조후카카와(本所深

---

51) 이즈 제도(伊豆諸島) 북부에 위치한 이즈제도 최대 크기의 섬. 이즈오시마 화산
이라고 불리는 활화산이 있다.

川)를 태우고 피복창에서 3만 명의 목숨을 앗아간 큰 불의 연기였던 것 같다.—나는 지금도 눈을 감으면 그때 그 구름의 모양을 또렷이 떠올릴 수 있다.

* *

지진에 이어 조선인들의 소동이 있었다. 평생 우리들의 현재 생활이 안전할 것이라고 믿어 의심치 않았던 만큼, 시민들의 불안과 공포는 극심했다. 검게 타죽은 사람이나 무기를 든 광폭한 남자들의 모습이 더 이상 드문 것이 아니게 되었고 적어도 4,5일 간은 그런 모습이 도쿄에서의 일상인 것처럼 이어졌다.

우리들은 그 지진에 이어 혁명의 공포와 불안을 맛보았다. 그런 천재지변을 당하면 의외로 인간은 솔직해지기 마련이다. 잠재적인 의식 아래 계속 잊어버리고 있던 한국병합이란 사실이 그 대지진과 함께 새롭게 국민의 마음을 일깨운 것은 아닐까. 그때의 불안이 단지 간토지역 사람들 뿐 아니라 거의 전국적으로 퍼졌었다고 하는 사실은 그 방증일 것이라고 나는 생각한다.

* *

그로부터 딱 일 년이 지난 지금, 그 무렵을 회고해보면 우리들은 그저 인간 생활의 뿌리 깊은 강인함에 놀라지 않을 수 없게 된다.

6,70년 주기로 반드시 큰 지진이 덮쳐온다고 하는 학설이 그 지진에 의해 확인되었기 때문에 수도 이전에 관한 이야기마저 등

장했다. 사실 그 참상은 유사 이래 미증유의 것이었다. 그랬는데도 불구하고 지난 일 년 동안 거의 모든 불탄 자리가 판잣집으로 채워져 버렸다. 그 어떠한 천재지변도 인간의 힘에는 미치지 못하는 것 같은 생각마저 내게는 든다.

예전의 도쿄 시내는 점점 서양화 되어가고 있었다고는 하지만 아직 여기저기서 에도(江戸)의 잔영 같은 모습이 아른거렸었다.

지진 발생 이후 1년이 지난 지금, 악마의 혀 같은 화염에 집어삼켜졌던 불탄 자리에 세워진 판잣집은 맹렬한 9월의 태양을 쬐며 이 도쿄를 환영(幻影)의 도시로 바꿔가고 있다. 함석지붕의 뜨거움이 100도를 넘는다든가, 비위생적이라든가, 그밖에 여러 생활상의 불편함은 물론 있을 것이다. 그러나 보라. 기발한 도료(塗料)와 경쾌한 건축에 의해 시내의 전경은 전혀 달라지지 않았는가.

카페도 상점도 극장도 학교도 병원도 구청도 모두 이전에는 생각지도 못했던 새로운 양식의 판잣집 건물이 되었다. 그 결과, 지금까지 오래된 인습에 묶여있던 시민의 생활이 놀랄 정도로 단순해졌다.

시민생활 뿐이 아니다. 그 생활을 바탕으로 한 정치도 교육도 예술도─우리 주위를 둘러싸고 있던 모든 것들이 전부 일신(一新)할 기회를 얻은 것만 같다는 생각을 하게 된다. 앞으로 5년 간 시민들은 판잣집 생활을 계속해야 할 것이고 그 후에야 제대로 된 건축물로 옮겨갈 수 있을 것이다. 즉 지금의 판자생활은 그들에게 있어 일종의 시련 같은 시기인 셈이다.

도쿄는 늘 우리나라 문화의 첨단이다. 5년의 시련을 지나 우리 도쿄 시민들이 만들어 낼 생활양식은 이윽고 새로운 일본 정신이 될 것이다. 유럽은 8년에 걸친 큰 전쟁으로 완전히 파괴되었다. 그럼에도 그 폐허에서조차 새로운 문화의 빛이 반짝였던 것이다.

대지진으로 인한 도쿄의 손해가 막심했다고는 하나 독일이나 프랑스가 입었던 피해에 비한다면 아무것도 아닐 것이다. 시민의 힘은 결코 그 지친 정도에 스러지지 않는다. 그 증거는 고작 1년 남짓한 사이에 어쨌든 이전처럼 이 넓은 도쿄시가 판잣집으로 꽉 들어찬 것을 보더라도 잘 알 수 있을 것이다.

우리들은 판잣집에서 보내게 될 5년 동안의 시련을 헛되이 보내서는 안된다. 형식은, 어쨌든 내용을 담고 있다. 판잣집에서 보낸 5년의 시련을 통해 새로운 마음의 시민이 새로운 모습의 대도시 도쿄를 만들어 낼 때를 나는 지금부터 손가락 꼽으며 기다릴 것이다.

대지진 이후 지난 1년 동안 나는 인간의 강인함을 마음 깊이 느꼈다. 지금, 눈물겨운 마음으로 장래의 새로운 일본 문화를 위해 두 손 모아 기도할 뿐이다.

(『중앙공론(中央公論)』, 1924.9.)

꼬리말

　이 책에 실린 10편의 글을 쓴 9명의 작가들은 저마다의 시선으로 간토대지진 발생 당시의 상황을 묘사하는 한편, 지진 이후의 일본사회를 성찰하고자 했다. 각각의 작가들이 그 나름의 소회를 녹여내어 쓴 이 글들은 작가 개개인의 개성을 엿보게 함과 동시에 지진으로 인한 일본사회 전반의 격변을 짐작케 한다.

　책의 서두에 실린 시마자키 도손의 「이구라 소식」과 가노 사쿠지로의 「진재일기」는 지진 발생 당시의 급박했던 상황을 생생히 묘사하는 한편 자식들에 대한 작가 본인의 '부성애'를 부각시키고 있다. 시마자키 도손의 경우 흔들리던 작가로서의 지위를 회복하고 자애로운 아버지라는 새로운 이미지를 덧입고자 부성애를 강조하는 문학적 전략을 구사한 것이라는 지적을 받은 바 있다[52]. 그러나 부성애를 강조한 이유가 특정되는 시마자키 도손

---

[52] 시마자키 도손은 조카딸과의 불륜이라는 사생활 상의 스캔들로 인해 작가로서의 입지가 흔들리는 위기를 맞게 된다. 그런 와중에 발생한 간토대지진은 도손이 기존의 이미지나 스캔들로부터 벗어나 난관을 타개하는 데 분수령과 같은 지점이 되었다.(이지형, 「관동대지진과 시마자키 도손(島崎藤村)―『아들에게 보

의 경우가 아니더라도 가노 사쿠지로 그밖에 당시 여러 작가들의 글에서 부성애와 모성애를 비롯한 가족애 전반이 강조되는 것을 어렵지 않게 찾아볼 수 있다.

그런가하면 나가타 히데오의 「1923년을 보내고 1924년을 맞이하며」나 오가와 미메이의 「사상의 서광으로 밝아지려는 1924년」에서는 지진 이후 새로이 시작될 삶에 대한 기대를 발견하게 된다. 이들은 지진으로 인한 파괴가 기존의 생활에 내재되어 있던 위험성을 폭로하고 반성의 시기를 앞당겨 주었다고 말하며 새로운 삶에 대한 기대를 드러내고 있다.

이와 유사한 맥락 아래 날카로운 문명비판을 시도한 작가들도 있다. 가미쓰카사 쇼겐은 「어느 부인과의 대화」에서 자연을 극복하고자 하는 것이 얼마나 어리석은 생각인지 지적하며 과학의 힘에 취해 자연을 극복 대상으로 삼고 정복하려 했던 결과 지금의 삭막한 도시, 엄청난 재난이 초래된 것이라고 말한다. 무라마쓰 쇼후 역시 「열차 안에서 도쿄를 바라보며」를 통해 초토화된 도쿄의 모습을 바라볼 때 느꼈던 왠지 모를 쾌감을 고백, 간토대지진이 물질문명에 물들어 있던 스스로를 돌아보게 하고 자연으로 돌아가고자 하는 인간 본연의 모습을 깨닫도록 했다고 밝히고 있다.

내는 편지』(子に送る手紙)를 중심으로-」, 『일본문화연구』 제13집, 동아시아일본학회, 2005. 1. 참조).

이러한 문명비판적인 입장과 간토대지진을 지난날의 생활에 대한 반성의 기회로 삼고자 하는 취지의 발언들은 당시 큰 반향을 일으켰던 시부사와 에이치(渋沢栄一)[53]의 천벌론(天罰論)을 연상케 하기도 한다.

천벌론은 글자 그대로 '하늘에서 내린 벌'을 의미한다. 그동안 안락함 속에서 나태한 생활을 계속해 온 일본 국민들에게 하늘의 벌이 내렸다고 하는 것이다. 물질문명에 취해 정작 추구해야 할 가치를 내어버려 온 대가로서 간토대지진이 발생한 것이며 따라서 대지진을 계기로 생활 전반이 일변해야 한다는 이 주장은 당시 적잖은 설득력을 얻으며 대중들 사이에 회자되었다.

또한 위와 같은 문명비판의 맥락 속에는 '일본적인 것'으로 회귀하고 싶어 하는 욕망 역시 내재되어 있다. 무라마쓰 쇼후가 '도쿄가 망해 이른바 옛 무사시노로 돌아갈 것을 상상'하면 상실감보다는 환희를 느끼게 된다고 하는가 하면 「1923년을 보내고 1924년을 맞이하며」에서는 나가타 히데오가 간토대지진이 '메이지 이래의 번역(飜訳)적인 문화' 즉 서구 중심의 문화로부터 벗어나 '민족의 독창을 중시한 문화'를 가져다 줄 계기로 작용할 것

---

53) 1840-1931. 에도시대 말기부터 다이쇼 초기에 걸쳐 관료, 실업가로 활약했다. 은행과 증권소 등의 다양한 기업 설립에 관여했으며 '일본자본주의의 아버지'로 불리기도 한다. 간토대지진 때는 물질문명의 편리함 속에서 나태하게 사리사욕만을 추구해 온 과거를 벌하고자 지진이 발생한 것이라고 하는 천견론(天譴論) 즉 천벌론을 주장했다.

이라 기대하고 있는 것을 볼 수 있다.

간토대지진과 문학 담론의 연관성에서 보자면 대지진 발생을 통해 예술의 무용(無用)함을 깨닫게 되었다고 말하고 있는 기쿠치 간의 「진재 후 잡감」이 흥미롭다. 머리말에서도 언급되었듯이 간토대지진 이후의 문학담론은 새로운 사조의 탄생과 궤를 같이 하게 된다. 문학을 비롯한 예술 전반이 무용함을 주장했던 기쿠치 간과 같은 작가가 있었는가 하면, 이 책에는 실리지 않았지만 대지진 발생 이후 오히려 예술지상주의를 표방하며 예술이 삶의 원천임을 주장했던 아쿠타가와 류노스케(芥川竜之介)54)와 같은 작가도 있었다.

이상에서 살펴본 것처럼 이 책에 실린 글들의 내용은 지진 발생 상황을 세세하고 생생하게 묘사한 것 뿐 아니라, 당시 일본사회의 면면과도 밀접히 맞닿아 있다. 특히, 여러 작가들의 글에서 조선인 대학살과 사회주의자 학살 등 처참한 상황을 부분적으로나마 묘사하고 있는 것은 간과할 수 없는 부분이라 하겠다.

2017년 7월

최가형

---

54) 1892-1927. 합리주의와 예술지상주의적인 작풍으로 일세를 풍미한 일본의 소설가. 일본의 대표적인 순문학 상인 아쿠타가와 상은 그의 이름을 기념해 제정한 문학상이다.